SHERIFF STAR COMPANY S☆S
MANNY MARION
Address
Tel
E-Mail
トラブルシューター・シェリフスターズ SS mission01
メニィの事件報告書《トラブルシューティング・レポート》
by メニィ・マリオン
SHERIFF STAR COMPANY S☆S
SHERIFF STAR COMPANY S☆S
LETTICIA MEISTER

←あたし
←レディ

てきのめか
てき
○月○日
今日はレティといっしょに
シューティングスターに乗って
お仕事にでかけました。
惑星ファーサイドにいる
悪い人を退治しました。
コラードっていう
敵のおじさんは
うそつきで
いけないいなあと思いました。

○月△日
ファーサイドで
パワー・スーツを壊しちゃったので
レティといっしょに始末書を書きました。
レティの脳天チョップは
今日も痛かったです。
反省中
始末書
WRITTEN EXPLANATION

♪
反省中
しまつしょ
いろんなの
こわして
ごめんね♡
わたし

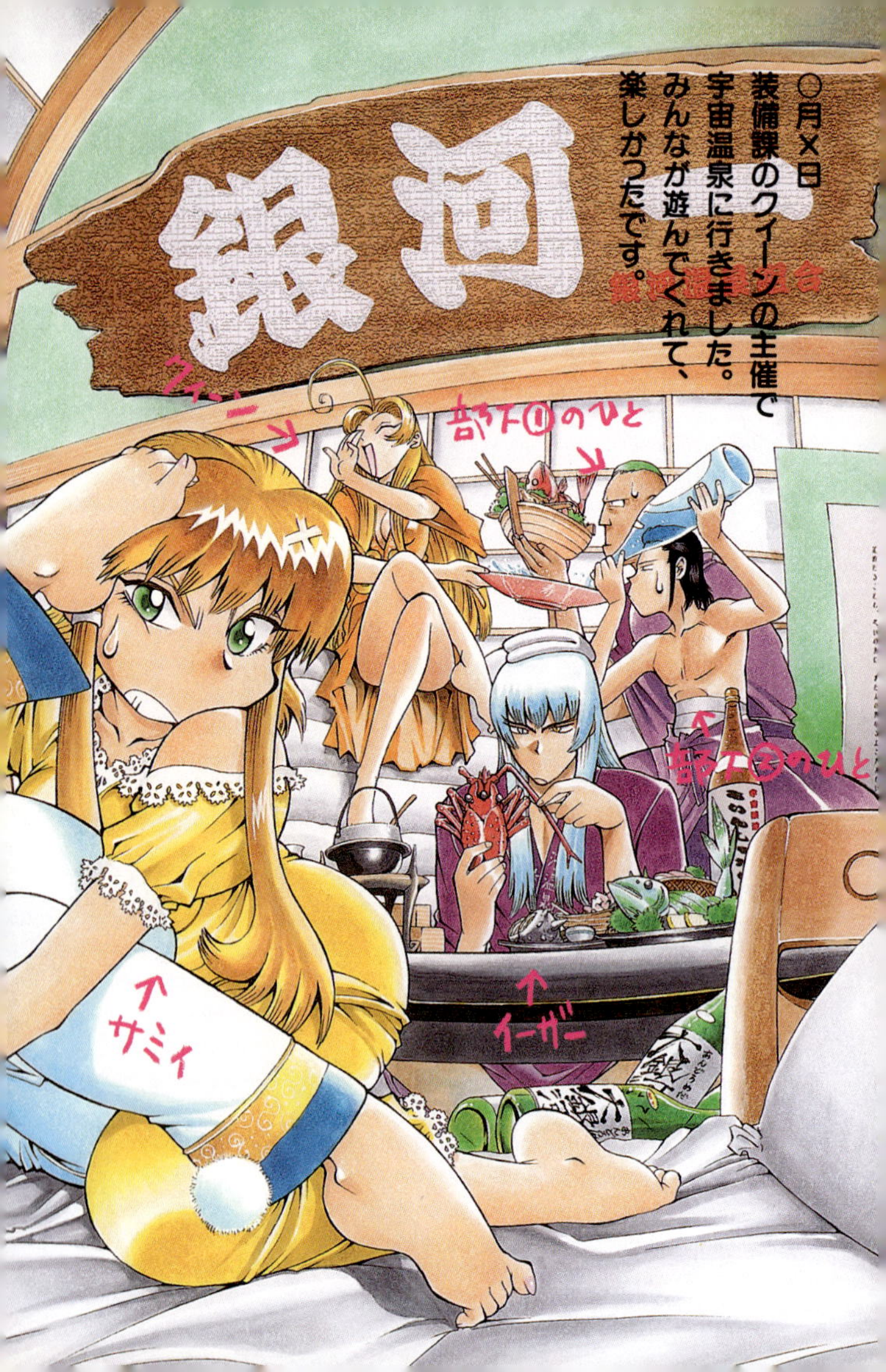
○月×日
装備課のクイーンの主催で
宇宙温泉に行きました。
みんなが遊んでくれて、
楽しかったです。
銀河
クイーン
部下①のひと
部下②のひと
サミイ
イーガー

銀河温泉へようこそ

おしまい。
メニイ・マリオン

トラブルシューター
シェリフスターズSS
mission 01

神坂 一

角川文庫 11594

目次

口絵・本文イラスト　光吉賢司
メカデザイン　星野秀輝
口絵デザイン　中デザイン事務所

トラブルシューター

シェリフスターズSS

法無き大地に

1

追われる覚悟《かくご》はできていた。

少なくともそのつもりだった。

しかし、追ってくる相手が完全武装の戦闘《せんとう》ヘリ、となると、話は少し違《ちが》ってくる。

——冗談《じょうだん》じゃねえぞっ！　いくらなんでもっ！

ひたすら走り続けつつ、男は胸の奥で毒づいた。

森の中の細い道——とはいえ、あたりの木々に枝葉は少なく、ヘリから身をかくせるほどのものではない。

……ゅいいいぃぃぃぃぃぃ……

背後に迫《せま》る、消音ローターの唸《うな》り。そして——

たむっ！

とっさに地を蹴《け》り、横へと跳《と》んだその刹那《せつな》。

ゔぅぅぅぅぅぅぅぅぅゔんっ！

重い唸りの音を立て、たった今まで立っていたあたりの地面がはじけ飛ぶ。

バルカン砲《ほう》——秒間数十発の弾丸《だんがん》が、彼が走っていた道を、小さなクレーターで埋めていた。

——見逃してくれる気はなさそうだな——

絶望を胸に抱《いだ》きつつ、それでもふたたび走りだす。

——そしてその時。

男ははじめて気がついた。

一体どこから出現したのか。すぐ隣《となり》に、いつの間にか現れた人影《ひとかげ》が、ともに並んで走っていることに。

「——な——!?」

思わず声を上げ、目をやって——

「えっと、ども。

はじめましてです」

やたらとのんきなその声に、一瞬《いっしゅん》、思考が停止した。

そこにいたのは、としの頃《ころ》なら十五、六の、黒い髪《かみ》をした少女だった。

刺客《しかく》——には見えない。武器を持っている様子もないし、着ているものも、普通のジャケットにスラックス。

その少女が、全力疾走《しっそう》している自分の隣に並び、のんきな声であいさつをしてきたのだ。

正直——事態が理解できなかった。

探せど言葉の見つからぬ男に、少女はかまわず言葉を続ける。

「えっと、ひょっとして今、お困りです？」

「当たり前だっ！」

とりあえず、ツッコミのことばはすぐに出た。

「戦闘ヘリに……追いかけられて……困らない奴《やつ》がいるかっ……！」

「………………」

言われて少女は、しばし、むずかしい顔で考え込んで、

「……えっと……あんまりいないような気がします……」

……何者……？　こいつ……？

男の脳裏《のうり》に疑問がうずまく。

少女はともに走りながらも、息を乱してさえいない。

そして、脈絡《みゃくらく》のない会話――

心霊《しんれい》現象か幻覚《げんかく》、と考えれば、実に簡単に説明がつくが――どうやらそういうものでもないようである。

追っているヘリの方も、少女の出現にとまどってか、ひととき攻撃《こうげき》の手を止めている。

「あ。もうひとつ、お聞きしなくちゃいけないんですけど……」

少女は、ちらりっ、と、後方のヘリに目をやって、

「あれに乗ってるひとって、ひょっとして悪いひと？」

「いいひとが戦闘ヘリで他人追いかけ回すと思うかっ⁉」

思わず叫《さけ》ぶのに、少女はまたむずかしい顔で考え込んで、

「……んっと……あんまりそーいうことはしないよーな……」

——だめだ。こいつは。

少女の正体はよくわからないが、ともあれ、相手にしていてもなんだか不毛なことはよくわかった。

とりあわないで、逃げることに専念した方が賢明《けんめい》というものである。

——が。

「……えっと……それじゃあ、やっつけちゃった方がいいんじゃあないでしょーか？」

やたらのん気な少女のことばが、男の神経を逆《さか》ナデした。

「やっつけられるもんならなっ！」

吠《ほ》えて足を止め、ふり向きざまに、ジャケットの内がわから銃《じゅう》を抜き放つ！

ゔぃっ！

唸《うな》りとともに生まれた光が、戦闘ヘリの黒いボディを直撃《ちょくげき》し——

ぱちぃっ！

その表面で、細い光はいともあっさり砕《くだ》け散る。

ヘリにはわずかな傷さえついてはいない。

「耐《たい》レーザー装甲《そうこう》だっ！　俺《おれ》の銃じゃあどーしようもないっ！」

言って、手にしたレーザーガンを、ふたたび内懐《うちふところ》のホルスターにおさめ、走りだす。

射撃《しやげき》のウデには自信があった。署内の大会では、常にトップの成績だったし、やれと言われれば、向かい来る戦闘ヘリに、十センチ単位でのピンポイント射撃をやってみせる自信もあった。

しかし――レーザーガンそのものが通用しないのでは話にならない。

なにしろ相手は、機体部分はむろんのこと、操縦席《コックピット》のウィンドウまで、耐レーザー処理をほどこしているのだ。

もっとずっと高出力のレーザーならば、つき破ることも可能なのかもしれないが――

――待てよ！

男の頭に、ある考えが閃《ひらめ》いた。

同時に――

ゔぅぅぅぅぅぅぅぅぅぅぅゔんっ！

ふたたび迫るバルカンの唸り！

男はとっさに横に跳び、弾丸《たま》はむなしく大地を穿《うが》つ。

また走りだす男の横に、少女が並び。

「……えっとですねぇ……」

「頼みがある！」

間延びしたセリフを途中《とちゆう》で遮《さえぎ》ると、男は内懐から取り出したものを少女に押しつけた。

「合図をしたら、それを、思いっきり、追いかけてくるヘリに向かって投げつけろ！　できるか⁉」

「……あ……ええ。できますできます♪」

二つ返事で答えると、少女はそれを受け取った。

手のひらにおさまるほどの大きさの、細長い箱。

レーザーガンのエネルギー・カートリッジである。

戦闘ヘリに向かって投げつけさせて、当たった瞬間、カートリッジを撃《う》つ。

それが、男が思いついた作戦《プラン》だった。

──レーザーガンのカートリッジを撃ったらどうなるのかは知らないが、なんとなく、爆発《ばくはつ》くらいはしそうな気がする。

もしも爆発するのなら、その時に解放されたエネルギーは、戦闘ヘリの装甲くらい破れるのではないだろうか──

……『気がする』とか『ではないだろうか』などという、頼りないことばが連打しているが、ほかに方法が思いつかないのだから仕方ない。

……ついでに言うと、少女がちゃんとカートリッジをぶつけられるのか、とか、そのカートリッジを撃ち抜けるのか、という問題がいろいろあったりするのだが……

「──やるしかないっ！」

自らを奮《ふる》い立たせる男の言葉に──

「やりましょー♪」

なんだか陽気な少女の声が応《こた》える。

弾丸をまき散らし、一旦《いったん》頭上を過ぎたヘリが、ふたたび旋回《せんかい》してこちらに戻《もど》って来るのを見計らい──

「──用意《レディ》っ！」

ヘリの正面に飛び出して、男は手にしたレーザーガンを構える。

「いつでもいーですっ！」

隣に並び、右手を大きくふりかぶる少女。

ヘリが近づく。

──まだだ──

男の額に冷たい汗がにじむ。

機体側面のバルカンが、かすかに動いて、二人を正面からにらみすえる。

──まだだ！

──わずかに──

ほんのわずかに、ヘリの速度が落ち——

「——今だ！」

男の声に——

「おっけぃっ！」

少女が応え——

刹那《せつな》。

うんっ！

すさまじい風の唸《うな》りが男の耳を打ち——

がぎんっ！

金属音とともに、戦闘《せんとう》ヘリが虚空《こくう》でのけぞり——

づどぉおおおおおおおおむっ！

爆音《ばくおん》とともに、火花となって砕《くだ》け散る！

「……え……？」

またしても事態が理解できず、男は思わず間の抜けた声を上げていた。

彼はまだ、銃《じゅう》を撃ってなどいない。すべては一瞬《いっしゅん》のうちに起こったのだ。

「ご要望通りっ！　投げつけてやっつけちゃいましたっ！」

その隣《となり》では、少女が陽気にガッツポーズを取っている。

「……はい……？」

男はまた気の抜けた声を上げた。

もしも——少女のことばを、そのまま素直《すなお》に解釈するなら——

少女は言われた通り、カートリッジをヘリに向かって投げつけて——その衝撃《インパクト》でヘリを叩《たた》き落とした、ということになる。

——むろん——ありえない話である。

ありえない話ではあるのだが——

では、他に考えられる可能性は？　と問われると、男には何も思い浮《う》かばない。

「……な……何者……？」

「……あ。自己紹介《しょうかい》まだだった」

呆然《ぼうぜん》とつぶやく男に、少女は服のポケットをごそごそまさぐり、小さな紙切れをさし出した。

「えっと、これ、あたしの名刺《めいし》です。

『シェリフスター・カンパニー』の、キャンペーン部第一課の、メニィ＝マリオン、っていいます♪」

「……はあ……」

呆然と受け取ったその名刺には、無意味に微笑《ほほえ》む少女の顔写真が印刷《プリント》されていた。

「カネだカネ！　ついでに車も用意してもらおうか！」

泣き叫《さけ》ぶ子供の声を圧倒し、男のだみ声があたりに響《ひび》く。

——悪党が、通りすがりの子供を人質に取って何かを要求する——

薄汚《うすよご》れたこの街では、それは日常の光景にしかすぎなかった。

だが——それが日常だからといって、がまんができるわけもない。

街の人々は、男を遠巻きにとり囲み——しかし、ただことの次第《しだい》を見守るばかり。

「……うちの……！　うちの子を……！」

「だから！　ガキぃ返してほしけりゃカネと車を持ってこいっ、つってるだろ！　頭悪《わり》ィな！　ババァ！」

泣きくずれる母親に、男は、少年の首すじに銃口《じゅうこう》をおし当てながら嘲笑《ちょうしょう》をあびせる。

憤《いきどお》りながらも、誰《だれ》もが知っていた。どうすればいいのか。

男の要求をとにかく呑《の》む——それしかないのだ。

しかしそれでも、少年が無事に帰ってくる可能性は低いだろう。

警察は来ない。いくら待っても。決して。

この街に——法はない。

「——こ……！　こんなことをして、一体何になる！」

ちゅいんっ！

言って踏《ふ》み出しかけた一人——自警団の青年の足もとに、男の放った銃弾《じゅうだん》がつき刺《さ》さる。

「へたくそな説教こいてるんじゃねェよ。ガキ。こっち来んな！　ついでに殺すぞ！

——いいからとっととカネと車持って来いって、何度言やぁ……」

ぱぱぱぱぱぱぱぱぁぁぁぁん！

けたたましいクラクションが、男のことばを遮《さえぎ》った。

音は、人垣《ひとがき》の後ろから。

集まった人々はふり向いて——

彼らがそこで目にしたのは、まっすぐこちらに突《つ》っ込《こ》んでくる、一台の赤いオープンカー。

『うああああああああああっ⁉』

クモの子を散らす人々の間を縫《ぬ》って突っ走り——

ぎぎぎきゅぅぅぅぅぅぅぅぅっ！

耳ざわりなブレーキ音を立て、車はやがて停止した。

場所は、男と、それをとり巻く人々の、ちょうど中間くらいだろうか。

「——面白《おもしろ》そうなことやってるじゃない」

言って、車から、ひょいっ、と飛び降りたのは、一人の女。

二十歳には、少し届いていないだろうか。

やや長身で、まっすぐ伸《の》びた黒い髪《かみ》の中、前髪のひと房だけが、収穫《しゅうかく》の時を待つ小麦のような黄金《こがね》の色にかがやいている。

ジーンズ地のホットパンツに丈《たけ》の短いタンク・トップ。その上にジャケットを羽織った、ある意味挑発的《ちょうはつてき》なスタイルである。

「ちょうどあたしもヒマで退屈《たいくつ》してたのよ。遊ばせてくれる？」

女の言葉は、子供を人質に取った男へと向けられていた。

「……な……！　なんだてめぇは⁉」

だむっ！

とまどう男の問いかけに、女は片足で車のボンネットを踏みつけて、

「まず、車。そして――金」

言って、男に向かって、ジャケットをひろげてみせる。

その内ポケットには、ぎっしり詰《つ》まった札の束。

女は自分の親指で、自分自身を指さして、

「ついでに言うと——女。

あんたの欲しいものに、プラス・アルファまでついてる。

……ま、女が嫌《きら》いだ、っていうんなら、話は別だけど」

「……だから！　何なんだ！　てめぇは⁉」

「ケンカ相手を捜《さが》してたのよ。——あんたなら、少しはホネもありそうだし、何より、ぶち倒しても、どこからも文句は出なさそうだし。

——で、どう？

ルールは簡単。互いに武器なしでの殴《なぐ》り合い。

あんたが勝てば、金と車、それにあたしが手に入る。

逆にあたしが勝てば——ま、どーせあんたは、まわりのひとたちに吊《つる》し上げられるんだろうから、用のないあんたのサイフはあたしのもの。

受ける？　このストリートファイト」

「寝言《ねごと》言ってるんじゃねえっ！　オレは……」

男のことばを無視し、女は内懐《うちふところ》から一丁の銃を抜き出し——

「——！」

男と周囲の緊張《きんちょう》をよそに、むぞうさに、車のシートにほうり投げた。

続いて、ポッケにぎっしり金の詰まったジャケットも。

車の前に歩み出て、かるく腰《こし》を落として半身《はんみ》に構える。

「——もちろん——

素手の女が怖《こわ》いんなら、ことわってくれて結構よ」

「……ふん……」

言われて男は、目の前の女を値踏《ねぶ》みした。

ストリートファイト、などと言ってはいるが、むろんそんなものは嘘《うそ》に決まっている。ちょいと腕《うで》におぼえのある、くだらない正義感にあふれた馬鹿《ばか》女が、子供を助けようと猿芝《さるしば》居《い》をやっている——おそらくそんなところだろう。

問答無用で射殺して、金と車をいただく、というのが一番手っ取り早いのだが、おまけに女がつく、というのは悪くない。

ボディラインも露《あら》わな服では、武器の隠《かく》しようもないだろうが、構えからすると、何かの格《かく》闘技《とうぎ》でもやっているのだろうか。

自分より頭一つぶん大柄《おおがら》な男を、ただのでくのぼうと見てとって、素手での格闘でなら倒《たお》せる、とでも思ったのだろう。

しかし——実を言うと、男にも格闘技の経験はあった。

いくつかの武術を習い、ちょっとした大会で優勝したこともある。

——まあ、最近は、鍛練《たんれん》などはしていないが、かわりに充分、実戦経験を積んでいる。

女に負ける気はしない。

手足の一本もへし折って、逃げる道すがらに、たっぷり楽しませてもらう、というのはなかなか魅力的《みりょくてき》な案である。

「——いいぜ。その勝負、受けてやろう」

言って男は、左手で少年を引きずって、ゆっくりと、女に向かって歩み寄る。

……じりっ……

女が足を踏《ふ》みしめて、左手をつき出す構えを取った。

男は間合いを計りつつ、女の方へと歩んでゆく。

——間合いに入る直前に、子供を女にむかってほうり投げ、タイミングを狂《くる》わせてからしかける——

そう筋肉はついていない。となれば、女が取るのは、素早さを活《い》かした、一撃離脱《いちげきりだつ》の戦い方だろう。

ならば、まず狙《ねら》うのは女の足——

それが、男が頭に描《えが》いた戦法だった。

手にした銃をズボンの後ろにさし——

——瞬間《しゅんかん》。

女は右の足を踏み出し、右手を前につき出した。

拳《こぶし》の間合いにはほど遠い。

その手の中に——黒い塊《かたまり》。

拳銃《けんじゅう》。

——な——

男が声を上げるより早く。

ぱんっ！

乾《かわ》いたチープな音とともに、男の眉間《みけん》を衝撃《しょうげき》が貫《つらぬ》く。

そしてそのまま——

——どぅっ！

意識を闇《やみ》に溶《と》け込《こ》ませ、男はあおむけに倒《たお》れ伏《ふ》した。

「……ったく……あっさり引っかかって……

悲しい男のサガって奴《やつ》ね」

男を見下ろし、女は言った。

ストリートファイト、という見え見えの嘘《うそ》と、色気をちらつかせて見せることで、男の頭の中から、隠し武器、という可能性を閉め出してやったのだ。

——わっ——！

一気に群がる観衆たち。母と子供が抱《だ》き合って——

「……殺した……のか……？」

自警団の青年が、ふるえる声で問いかけるのに、女は樹脂製の小型拳銃を、取り出したのと同じ場所──長い髪の中に隠しながら、

「──脳震盪《のうしんとう》起こして気絶してるだけよ。

鉛玉《なまりだま》じゃなくて、硬化《こうか》ゴムの弾頭《だんとう》だから」

──もっとも──この至近距離で食らったんじゃあ、頭蓋骨《ずがいこつ》にヒビくらい入ってるかもしれないけどね──

ことばの後半は、胸の裡《うち》だけでそっとつぶやく。

「まあ、しばらくは寝《ね》てると思うけど、気がつかないうちに縛《しば》って、ちゃんとした所につき出すのね」

言いながら、男のそばに歩み寄り、宣言通り、ズボンのポケットからサイフを抜き出す。

「……ふむ……

やっぱり、って言うかなんて言うか……あんまり入ってないわねー……」

『ちゃんとした所』というひとことに、青年は、小さく唇《くちびる》を噛《か》み、

「……感謝はするが……

あんた一体、何なんだ……？」

「──あ。あたしは──」

女はホットパンツのポッケから、一枚の名刺《めいし》を取り出し、さし出した。

「事件処理業《トラブルシューター》『シェリフスター・カンパニー』チーム・シューティングスターの、レティシア＝マイスター」

――名刺に印刷された顔写真は、愛想《あいそ》笑いさえ浮かべてはいなかった。


人類が光の速度を超《こ》えたのは、今からほんの百年ほど前のことだった。

それ以前にも、地球からあふれ出した人類は、月に、火星に――

太陽系の、ありとあらゆる場所を居住可能に開発し、住みついていた。

それでもなおかつ、人々の数は、あふれるほどに増え続け――

そんな時、人は、光の速度を超える技術を手に入れた。

慣性系置換《ちかん》航法、などという、耳慣れぬ正式名称は一般化はせずに、結局その航法は、使い古された呼称――すなわち、ワープという名で定着した。

そして人類は――まさしく堰《せき》を切ったように、太陽系外の惑星《わくせい》に進出していった。

適当な調査、乱開発と強引な入植。

それは、さまざまな惑星で、さまざまな問題を引き起こしていた。

二国共同で入植をはじめたこの惑星ファーサイドで、領土問題から、司法の空白地帯ができあがってしまったのも、そんなトラブルの一つだった。

「……だからどちらの国も、この空白地帯には——この街には軍も警察も送れない……送れば国際問題——へたをすれば本国同士の戦争だ。だから絶対——

警察は来ない。この街には。

たとえごろつきどもが、どれだけ好き勝手をしようと……」

街のさびれた食堂で。ロブ、と名乗った自警団の青年は、訥々《とつとつ》と語る。

テーブルの向かいに腰《こし》を下ろしたレティシアは、今はさきほどとはうって変わって、ビジネスライクなスーツ姿である。

「——で——

仕方ないから自警団、ってわけね」

レティシアは、なまぬるい水をひと口含《ふく》み、あらためて彼を観察する。

歳《とし》は二十代の半ばだろうか。短く刈《か》り込《こ》んだ金色の髪《かみ》と、がっしりした大柄《おおがら》な体は、一見強そうにも思える。

しかし身のこなしからすると、何かの訓練を受けた人間には見えないし、さきほどの手配犯とのやりとりからも、彼が単なるシロウトだということは瞭然《りょうぜん》だった。

それに加えてその装備——

ひと昔——いや、ふた昔前の安い銃《じゅう》に、ただの棒切れと変わらぬ警棒。

これでは自警団といっても、あまり頼《たよ》りになりそうにはない。

「──けど一番問題なのは、すぐそばに、シンジケートが堂々とアジトをかまえてる、ってことね」

「……まあ……な……」

彼女の指摘《してき》に、ロブは苦い顔でうなずいた。

この星に治安の空白地帯が存在するのをいいことに、犯罪組織『ラガイン・コネクション』が大規模な何かの施設《しせつ》をぶち建てたのは、二年ほど前のことだった。

位置は、この街から北に約十キロ。

惑星大気改良用に植林された森の中に、街のひと区画《ブロック》ほどはあろうかという、大きな施設が存在する。

何の施設かは不明だが、確実に言えるのは、その存在が、この星への犯罪者流入に拍車《はくしゃ》をかけているということだった。

組織の者、対立する者、そして組織に入りたがる者……

その施設から、十キロばかり離れた領土の空白地帯にこの街はある。

犯罪者たちが居座るには、まさに絶好の場所だった。

「──だが！」

ロブは真摯《しんし》な表情で、ひたっ、とレティシアを見つめて、

「いつまでも奴等《やつら》をのさばらせておくつもりはないっ！

このおれが、いつかは奴等をこの星から叩《たた》き出してやるっ！」

言って、テーブルの上に出していた、レティシアの左手を、いきなり、わしっ！　と握《にぎ》りしめ、

「その時に——

きみのような素敵な女性がそばにいてくれたなら、どんなに心強いだろう——」

「…………」

レティシアはしばし、珍《めずら》しいモノでも見るかのような視線で、握りしめられた左手を眺《なが》めてから、やはり無言で右手を髪の中に突《つ》っ込《こ》んだ。

——さきほど男を撃《う》ち倒《たお》した銃をしまった、そのあたりに。

——びくっ！

ロブはあわてて手を引くと、

「——あ——すすすすまないっ！

違《ちが》うんだそーいうんじゃないんだ！

つい話に熱が入って、さっきのきみの活躍《かつやく》があんまりすごかったもんでついっ！

決して変な下心があるとか服装はさっきのホットパンツの方が良かったとかそーいうことは全然ないからっ！」

「……まあ……なんでもいいけど……」

そのまま右手でぽりぽり頭を掻《か》きながら、半ばあきれて言うレティシア。

「そ……そうだ！

そういえばきみのことをまだ何も聞いてなかったけど……

トラブルシューター、とかって言ってたけど、この星には……」

「ロブ！」

店の戸口から呼ぶ声が、彼の言葉を遮《さえぎ》った。

「……なんだ？」

面倒《めんどう》くさそうにつぶやいて、ロブがふりむいたその先――戸口には、一人の青年。

警棒らしきものをぶら下げているところからすると、やはり自警団のメンバーか何かなのだろう。

その顔には、緊張《きんちょう》の色がはりついていた。

「たった今、見張りから連絡《れんらく》が入った！

なんか知らんが、組織の連中がこっちに向かってる！」

「なにぃっ!?」

がたんっ！

ロブは思わず声を上げ――レティシアが椅子《いす》を蹴《け》って立ち上がる。

それ以上何も聞かずに、彼女はダッシュで店を出た。

「——あ——！

おい！」

あわててそのあとをロブが追う。

レティシアは表に飛び出すと、停《と》めてあった赤いオープンカーに飛び乗り、キーを回す。

「どういうことだ!?

ひょっとして、さっきあんたがやった奴《やつ》が組織のメンバーだったか!?」

追いついたロブは言いながら、その助手席に乗り込んだ。

「たぶん違うわね。

あたしの相棒がトラブったのよ。

——そこに座ってると巻き込まれるわよ」

「きみだけを危ない目にはあわせられない！」

「じゃ、ご自由に」

必殺の口説《くど》き文句のつもりだった、ロブのことばをさらりと流し、レティシアは車を急発進させた。

ぎゅぎゅぎゅぎゅぎゅぎゅぎゅいっ！

耳ざわりな音と砂埃《すなぼこり》を上げて、車は一路、町の北へ。

大通りをさほども行かないうちに、こちらに向かって駆《か》けてくる、ひと組の男女の姿が視界に飛び込んで来た。

「——おーい！　レティーー！」

その女の方が、レティシアの名前を呼んで、やたら元気に大きく手を振《ふ》る。

「……やぁぁぁぁっぱり……あの子だし……」

ため息混じりにつぶやいて、レティシアはそちらに車を向かわせた。

ぎぎぎききぃぃぃいいぃぃぃっ！

二人の目の前で急停車。

「ほいっ。」

女——メニィは無意味に元気なかけ声で、レティシアの後ろのシートに飛び乗った。

連れの男もよたよたと、こちらは倒れ込むように、メニィの隣《となり》に座り込む。

迷彩色《めいさいしょく》のアーミー・スーツに身を包んだ、二十代半ばとおぼしき、長身で黒髪の男。

「マーク⁉」

その男に目を止めて、声を上げたのはロブだった。

「なんでお前……？　一体……？」

ロブの問いにも、マークと呼ばれたその男は、疲れきった顔で、肩《かた》でぜはぜは息をするだけである。

メニィは平気な顔をしているが、戦闘《せんとう》ヘリを落としたあと、次の追っ手が来る前に、と、今まで二人はひたすら走り続けて来たのだ。

疲れて倒れ込むのが当然である。

「あのねレティ！　聞いて聞いて！」

しかし、疲れた様子などみじんも見せず、メニィが声を上げる。

「……メニィ……

何度も言うけど、あたしの名前は『レティシア』よ。

ひとをレモンティーみたいに呼ばないで」

「ん。わかった。

——でね、あたし、森の中で、困ってたこの人助けたのよ！

すごいでしょ！」

子供——というより、幼児のようにはしゃぐ少女に、レティシアは、妙に無表情な笑顔を向けて、

「んー。すごいわねー。

で、ひたすらイヤな予感がするんで一応聞くけど——

アジトの偵察《ていさつ》って、ちゃんとやった？」

「……あ……」

「…………………」

「…………………」

「あはははははは」

レティシアの乾《かわ》いた笑い声に——

「あははははは♪」

メニィの無意味に楽しげな笑い声が重なり——

ぐぃむっ。

おもむろに、レティシアは左腕《うで》でメニィの頭を抱《かか》え込《こ》み、右の拳《こぶし》を額に当てて——

ぐぃむぐりゅぐりゅぐりゅぐりゅっ！

「あいたたたたた。レティ、痛い痛い」

「あんたの『痛い』には感情こもってないのよっ！

……ったく……！　こぉの三歳児《さんさいじ》っ！

なんのためにわざわざ別行動したと思ってるのよっ！

……で……

ひょっとして今、思いっきり、組織の連中に追いかけられてたりする？」

「うん」

彼女は素直にこっくりうなずいた。

「あははははははは」

無表情で、乾いた笑い声を上げるレティシアに――

「あははははは♪」

つられてメニィは、心から楽しそうに笑い声を上げ――

びすっ！

「……レティ、顔面チョップって痛い」

「えぇいっ！　こうなったらこのまま行くわよっ！」

ぎゅるるるるるぃっ！

メニィの抗議《こうぎ》は無視して、レティシアは、ふたたび車を急発進。

「――来たぞ！」

ロブが声を上げたのはその時だった。

延びる道路の正面から姿を見せたのは、武装したホバーカー。

それが二台、三台と増えてゆく。

「――ちっ！」

舌打ちひとつして、レティシアはあわてて車を方向転換《てんかん》させる。

「――おい！　ンなことしたらかえって目立つだろうがっ！　『怪《あや》しいです』って言ってるようなもんだっ！」

抗議の声を上げるロブの方をふり向きもせず、

「じゃあ、『相手はみんな、近づいてもメニィたちの姿に気がつかないうっかり者の上に、無関係なひとには手を出さない』って可能性に賭《か》けて、じっと停《と》まってた方がよかった、ってわけ!?

冗談《じょうだん》!」

通りを駆け抜け、角を折れ、東の方へと向かう。

「追いつかれるぞ!

おまけに……かなりの数だ!」

「知ってる!」

後ろを見て、焦《あせ》った声を上げるロブに、レティシアはふり向きもせずに言う。

後ろがどうなっているかなど、さきほどから、バックミラーで確認している。

追い来る敵の数は、楽に十を超《こ》えていた。

スピードは、向こうの方がわずかに速い。距離は少しずつではあるが、確実に詰《つ》まりつつあった。

「……もうちょっと待ちなさいよ……もうすぐ街を抜《ぬ》けるから……!」

アクセルを力いっぱい踏《ふ》み込《こ》みながら、誰《だれ》にともなく言うレティシア。

「街抜けてなんとかなるのか!?　おい!?」

ロブの声はまったく無視。

そして——後ろで炸裂音《さくれつおん》。

「撃《う》ってきたっ！」

メニィの声が音に重なり、レティシアは間髪《かんはつ》入れずハンドルを切る。

ごがぁぁぁあんっ！

着弾音は後ろの方で聞こえた。

「せっかちすぎる男は嫌《きら》われるわよっ！」

軽口を叩《たた》いてレティシアは車のコースを戻す。

差は詰まっているとはいえ、走行中でこの距離なら、まだ当たらない。

「どうするんだ⁉　おい⁉」

ロブがふたたび声を上げるが、やはり無視。

ほどなく車は街を出た。

右手には巨大な人工湖。そして、別の街へと続く道だけが、荒野《こうや》の中にある。

遮蔽物《しゃへいぶつ》など全くなく、まさに砲撃《ほうげき》し放題、といった感じの場所だった。

「正気かぁぁぁっ⁉」

「——正気よ」

ロブのことばにようやく答え、レティシアの右手が、ハンドルの付け根あたりをいじくった。

とたん。

がぱんっ！

後部トランクが音を立てて開き、四角い箱がせり上がる。

そして——

しゅどしゅどしゅどしゅどしゅどぉぉっ！

その箱から、白い煙《けむり》の尾《お》を曳《ひ》いて、あまたの火線が飛び出した！

それは追い来るホバーカーの群れに突《つ》っ込《こ》み——

ごごごごごおおおおおんっ！

炎《ほのお》と爆音《ばくおん》を撒《ま》き散らす！

数台の車がまともに吹《ふ》っ飛《と》び、さらに数台が爆風に巻き込まれ、最後に数台がハンドルを切りそこね、仲間の残骸《ざんがい》に突っ込み、停止する。

しかしそれでも、残った五、六台が、今度は道路を外れて広く展開しながら、なおも追ってくる。

「えぇいっ！　しつこいっ！」

「——ちょっと待てぇぇぇぇぇっ！」

舌打ちするレティシアに叫《さけ》ぶロブ。
「なんだ今のはぁぁぁっ⁉」
「ロケット弾《だん》よっ！　知らないの⁉」
「そーじゃなくてっ！
なんで車にンなもんが載《の》ってるんだっ⁉」
「うちの装備課に趣味人《しゅみじん》がいるのよっ！
あたしはロケットより屋根つけてほしい、って言ったんだけどねっ！
ま、今ので後ろの武装は撃ち止めだけど！」
——後ろのは、ということは、他にも似たようなのがついているんだろうか……？
ロブは思ったが、とりあえず聞かないことにする。
そして。
どんっ！　どんっ！　どぉんっ！
おかえしとばかりに、ホバーカーからの砲撃がはじまった。
「やばいんじゃないのか⁉　おいっ⁉
連中、かなりカリカリきてるぜっ！」
騒《さわ》ぐロブとは対照的に、レティシアは、静かな口調で言った。
「——来なさい。

『ワイヴァーン』」

刹那《せつな》。


ごばぁぁぁぁぁぁぁっ！


走る車のすぐま横。

湖の水面《みなも》が、爆発《ばくはつ》にすら似た音を立てはぜ割れて、湖水よりはるかに蒼《あお》い影《かげ》が飛び立つ。

『……な……!?』

はじけた水の生み出す驟雨《しゅうう》の中で、ロブとマークが声を上げた。

全長は二十——いや、もう少しあるだろうか。全長よりも、翼長《よくちょう》のほうがはるかに長い、翼《つばさ》をひろげた鳥を想わせるそのフォルム。

暮れゆく夜空にも似た、深い蒼色の機体。

「……飛行機……？」

「連絡艇《シャトル》よ」

つぶやくロブに言うレティシア。

後ろのホバーカーたちも、これにはさすがに驚《おどろ》いたらしく、砲撃の手を止めている。

その間にシャトル——『ワイヴァーン』はこちらを追い越《こ》し、道路の上を低空飛行に移り、減速しながら下部のハッチを開く。

ドオオオ

「……まさか……?」

「そう。このまま乗り込むわよ」

開いたハッチがぐんぐん迫《せま》り――

どんっ！　どんっ！

我にかえった追っ手のホバーカーが、ふたたび砲撃を開始する。

「なんのまだまだっ！」

レティシアの手が、ふたたびハンドルの付け根あたりに伸《の》びて――

ばしゅっ！　ばしゅぅっ！

後ろから、何かが二すじ、煙を曳《ひ》いて飛び出した。

「さっきので終わりって言ってなかったか!?」

「今のは煙幕弾《スモーク》！　武装じゃないわ！」

……こいつらの世界じゃあ、殺傷能力のないものは『武装』とは言わないのか……

後ろで撒《ま》き散らされる、もうもうたる煙を呆然《ぼうぜん》と眺《なが》めつつ、ロブはぼんやりとそんなことを考えた。

そして――

がだんっ！

激しい衝撃《しょうげき》とともに、車はシャトルの腹の中へと突っ込んだ。

「格納！　上昇！」

レティシアの声に、格納庫の扉《とびら》が閉まり、機体が上昇を開始する。

「――こっちよ！」

レティシアの先導で、傾《かたむ》いた機体の中を、一同はコックピットへと向かった。

――窓の向こうは蒼《あお》い空。

コックピットは無人だった。

「――おい……誰《だれ》もいないけど……どうやって動いてるんだ？　こいつは……？」

なんとか疲労も回復してきて、マークはようやく口を開いた。

「あたしの脳波とリンクしてるのよ」

そうとだけ答え、レティシアはパイロット・シートに。その隣のシートにメニィが座る。

椅子《いす》をすすめてくれそうにはないので、ロブとマークは、後ろの予備シートに勝手に腰《こし》かけた。

地上では、さすがに対空装備は持たないホバーカーが、どうしていいかわからずうろうろ佇《たたず》んでいる。

レティシアは機体を旋回《せんかい》させて、

「――さっきの借りは返させてもらうわよ」

……いや……借りは向こうの方が大きいんじゃあ……？

コワくてとても口には出せず、心の中で、そっとツッコミ入れるロブ。

『ワイヴァーン』の蒼い機体は、旋回から降下へと移り――

ヴぅあらららららららっ！

左右両翼のバルカンを、ホバーカーの群れへと向かって一斉掃射《いっせいそうしゃ》！

視界の中で、うち一台が火ダルマとなる。

「……ま……これくらいにしといてあげましょーか。

あんなのにかまうより他に、やらなくちゃあならないこともあるんだし」

「……何するつもりだ……？　こんなもの使って……？」

「――大体想像はついてるんでしょ？」

マークの問いに、言ってレティシアは小さく微笑《ほほえ》む。

「潰《つぶ》しに行くのよ。

組織のアジトを――ね」

…………………………

『は……？』

マークとロブとの声がハモった。

この時にはすでにレティシアは、機首を組織のアジトがある方へと向けていた。

「――この『ワイヴァーン』の機首には、ちょっとした出力のビーム砲《ほう》がついてるのよ。

何回かぶっ放せば、相手もおとなしくなるでしょ。完全に」

さすがに航空機だけあって、スピードは車などとは大違い。言ううちにも、目標へとぐんぐん近づいている。

「これで、安全圏《けん》から楽勝で、アジトを壊滅《かいめつ》させられる、ってわけよ。

──いくら連中でも、戦闘機《せんとうき》とか持ってるわけじゃあないでしょうし、ね」

『…………………』

勝ちほこるレティシアの言葉に、メニィとマークは、しばし無言で視線を交わし、

「……ねーねー、レティ」

「何よ？　メニィ」

「あいつら、戦闘ヘリとか持ってたよ」

…………………

「──はい？」

「戦闘ヘリ。」

「……えーっと……」

目を点にするレティシアのその傍《かたわ》らで。

『ワイヴァーン』のレーダーは、迫《せま》り来るいくつもの光点を捕《と》らえていた。

2

「どぉぉぉするんだよオイこれっ！

なんかいっぱい来てるぞっ！」

レーダーに映る光点を目にして、情けない声を上げたのはロブだった。

むろん、これが普通の反応である。

戦闘ヘリの群れが近づいている、と聞かされて、平然としていられる方が、むしろどうかしているのだ。

レティシアは一瞬沈黙《いっしゅんちんもく》してから、

「——こっちはあくまで惑星宇宙間連絡艇《スペースシャトル》。

小回りでは、戦闘ヘリには勝てないわ。

けど逆に言えば——

最高速じゃあ絶対負けない。

それに連中は、荒事《あらごと》に関してはプロかもしれないけど、組織立った戦闘に関してはシロウトよ」

「……と、いうと……？」

「無視して突《つ》っ切《き》る」

「……は……？」

ロブが間の抜《ぬ》けた声を上げたのと同時に。

ぐんっ！

レティシアは機体に急加速をかけた！

「――ちょ――

ちょっと待ってよっ！」

加速でシートに押しつけられながら、ロブはなおも抗議《こうぎ》の声を上げる。

「戦闘ヘリなんだろ⁉　何機もいるんだろ⁉

正気じゃねえぜ！　そんな中を突っ切るなんて！

一発で撃ち落とされておしまいだぜ！

ここは一旦《いったん》退却して、作戦練り直すとかした方がいいんじゃねーか⁉」

そのことばが終わるとほぼ同時に、窓の外を一瞬、黒い何かがかすめて過ぎた。

「遅《おそ》いわね。たった今すれ違《ちが》ったわ」

「……へ？」

見れば、レーダーに映る光点は、あっさり後ろに流れ去ってゆく。

「それにもう――

見えたわよ」

コックピットのその正面。

ひろがる森のただ中に、ぽつり、と、灰色の影《かげ》がわだかまっていた。

町のひと区画《ブロック》ほどの大きさをした、ロの字型をした灰色のビル。

それこそが、犯罪組織ラガイン・コネクションのアジトだった。

『ワイヴァーン』は、減速なしでまっすぐに、施設《しせつ》に向かって突っ込んでゆく！

――レティシアの指が、機首ビーム砲のトリガーにかかる。風でブレる機体をなだめ、射軸《しゃじく》をまっすぐに保ち――

視界の中で、組織の施設がぐんぐん――ぐんぐんぐんぐん大きくなり――

「――おい――！」

不安を感じたロブが、思わず声を上げたその刹那《せつな》！

かっ！

ぐわっ！

閃光《せんこう》。そして重力《G》加圧とともに機首がはね上がる！

ビーム発射と同時に、上昇へと移ったのだ。

「どう!?」

「えっとね……当たってるみたいだよ」

後方を映したディスプレイを眺《なが》めながら、メニィが緊迫感《きんぱくかん》のない声で言う。

――一撃《いちげき》は、建物の一角に着弾《ちゃくだん》し、そこからわずかに煙をたなびかせている。

「……思ったより効いてないわね……」

不機嫌《ふきげん》な口調でつぶやくレティシア。

機首のビーム砲――通称『ワイヴァーン・ブレス』は、装備課にいる趣味人の話によれば、『宇宙戦艦《せんかん》の装甲《そうこう》をぶち抜《ぬ》ける』そうだが、目標の建物がデカいせいで、あまり効いているようには見えない。

うまく弾薬庫《だんやくこ》にでも当たれば話は早いのだが……

「――それじゃあ駄目《だめ》だ」

横から口をはさんだのはマークだった。

「地上《うえ》に見えてるのは警備用の区画《ブロック》だ。肝心《かんじん》の研究施設があるのは地下なんだ」

「――なんでそんなことを――？」

問われてマークは苦笑して、

「そう言やぁ言ってなかったよな……なんで森ン中であんたの相棒と出会ったのか。……施設《あそこ》に潜入偵察《せんにゅうていさつ》してたんだよ」

「潜入偵察？　どうして――？」

「もしここで、噂《うわさ》通り麻薬《まやく》とか精製してたならおおごとだ。そうなったら、領土問題起こしてる国も本腰《ほんごし》入れてここを潰《つぶ》しにかかるだろ？けどよ、それにゃあやっぱり証拠《しょうこ》ってもんが必要なんだよ。で……そいつを探しに、な」

「マーク、お前、そんなにしてまで……」

聞いていたロブがつぶやいた。

マークは、街の人間ではない。

外――ちゃんと法律の存在するエリアにある街で、警察官をやっているのだ。

非番の時などに街に来て、自警団にあれやこれやと協力してくれる――

たぶんそれは、ほんのちょっとした正義感からなのだろう。ロブはそう思っていた。

だがまさか、そんなことまでやっていようとは――

「気に入らねえのさ……こんなところで犯罪者どもがデカい顔してるのが……

……搬入《はんにゅう》トラックにまぎれて――って古くさい手で、なんとか中に忍《しの》び込んで、内部回線に強制侵入《ハッキング》したんだ。

地上にある建物、ありゃあみんな警備区画《ブロック》で、どうやらいちばん大事なところは地面の下らしい。

地図《マップ》をざっと見ただけですぐ見つかって、あわてて逃げ出しちまったけどな……」

「その地図《マップ》のデータは？」

マークと話をする間、レティシアは『ワイヴァーン』を、施設から距離を置いたところで旋《せん》回《かい》待機させている。

「それどころじゃなかった。逃げるのに必死でよ」

「地下っていうけど、深さは？」

「……正確なところはわからん……」

「——なるほど……」

ともかく、本格的に潰《つぶ》すには、内部《なか》に入るしかない、ってことね……」

中枢《ちゅうすう》が地下となれば、いくら『ワイヴァーン・ブレス』を撃ちまくったところで効果はないだろう。

「……となると……

最低でも、あのヘリたちは落とさなくっちゃあいけない、ってことね……」

施設の上空に目をやって、レティシアはつぶやいた。

そこには、さきほどすれ違い、あわてて戻《もど》ってきた戦闘ヘリの群れがいる。

「……なあ……

やっぱりここは一旦退いて、作戦を……」

「却下《きゃっか》」

ロブの再度の提案を、レティシアは即座《そくざ》に却下した。

たしかにこの場は、それがセオリーのようにも思える。

しかしそれは同時に、敵に時間を与えることにもなるのだ。

映像からの分析《ぶんせき》で、敵のヘリの武装はロケット砲とバルカン砲。

つまり、対航空機用の装備を持っていないのだ。

まあ当然といえば当然だろう。治安の空白地帯に存在している以上、連中の仮想敵は、軍隊ではないのだから。

しかし、ここでこちらが一旦退却すれば、連中は対空用の装備も導入するだろうし、プロの傭兵《ようへい》を雇《やと》うかもしれない。

つまり、かえって不利になるばかり。だからこそ、今のうちに叩《たた》いておかなければならないのだ。

レティシアは、副操縦席のメニィに、ちらり、と視線を送り、

「……メニィ……」

あたしは『セイレーン』で出るわ。

『ワイヴァーン』はあたしの指示に従って、あなたがコントロールして。

――とりあえず、次の指示までは現状維持《いじ》ということで」

「りょーかいっ」

メニィの安うけあいに、レティシアは、機体のコントロールを副操縦席に渡すと席を立ち、後ろの方へと向かう。

「——ちょ——ちょっと待ってくれ！」

その彼女をマークは呼び止め、声をひそめて、

「聞きたいことはいろいろあるが、とりあえず一つだけ——」

ミョーにうれしそうに操縦桿《そうじゅうかん》をにぎるメニィの姿に、ちらりっ、と目をやり、

「……その……大丈夫なのか……？　あの娘《こ》に操縦なんか任せて」

レティシアはメニィのことを『三歳児《きんさいじ》』呼ばわりしていたが、メニィの精神年齢《ねんれい》が、まさにそんなもんだということは、短いつきあいの中でマークにもわかっていた。

問われてレティシアは、しかし静かな笑みを浮かべて、

「……あの子はあたしのパートナーよ。あの子のことは、あたしが一番よく知ってるわ」

「……なるほど……じゃあ……」

「すっごく心配に決まってるじゃない」

言って去りゆくレティシアの頬《ほお》に、ひとすじの汗《あせ》が流れているのを見てとって、マークは暗《あん》

澹《たん》たる気分になったのだった……


「まぁぁぁだわからんのか⁉ 敵の正体は！」

さして広くもないその部屋に、ヒステリックな男の声が響《ひび》いた。

ラガイン・コネクション、惑星《わくせい》ファーサイド研究施設《しせつ》。

その司令室は、地下施設の一角にあった。

「領土問題が解決したわけでない以上、どちらかの政府、というわけではない。

かといって、あの街の連中が、シャトルなど持っているわけもない……」

一人ぶつぶつ言いながら、男は部屋《へや》の中を歩き回る。

としの頃なら四十前後。ひょろりと痩《や》せた長身に、白いものの混ざった黒い髪《かみ》。

銀縁《ぎんぶち》メガネに白衣を羽織《はお》った、学者ふうの男だった。

そのまわりには、ディスプレイとコントロール・パネルにしがみつき、操作をしているオペレーターたち。

部屋にある一番大きなディスプレイには、獲物《えもの》を狙《ねら》う猛禽《もうきん》のように、近くを旋回し続ける『ワイヴァーン』の姿が映し出されていた。

「……まっ……たく……この私がなんでこんなことにまでつき合わねばならんのだ……研究は今が一番面白《おもしろ》い……いやいや、重要な時だというのに……誰《だれ》かの侵入《しんにゅう》を許したのも戦闘《せんとう》ヘリが落とされたのも武装ホバー隊が手玉に取られたのも別にこの私の責任というわけでもないだろうに……

だから『所長』などというつまらん肩書《かたが》きなどいらんと言ったのに……これでは警備の無能の責任をかぶせられるだけの、ていのよいスケープ・ゴート……」

「コラード所長、どうかお静かに願います」

男のぐちを遮《さえぎ》ったのは、低い男の声だった。

身長は、コラードと呼ばれた男とさほど変わりはないが、肩幅《かたはば》はほぼ倍はある。

三十に手が届くか届かないか、といったところだろう。がっちりとした体格と、凶悪《きょうあく》そうな面構《つらがま》えが、軍服ふうのデザインの服と、妙に似合っている。

「不明機の機体に描《えが》かれた、所属を表すものと思われるロゴ・マークから、現在身元を照合中です」

『だから黙《だま》れ』と言わんばかりの、敵意すらこもったまなざしを向けられ、コラード所長は小さく肩をすくめ、

「……わかったよわかった。黙ればいいんだろう黙れば。

ここはひとつメイガン警備主任殿《どの》のお手並み拝見といきましょう。きっとあちらやこちらでの不手際を全部帳消しにするような、目の醒《さ》めるような采配《さいはい》でとっととカタをつけてくださるんでしょうな。

そうすればこの私もさっさと研究に戻《もど》れて万々歳《ばんばんざい》、というわけだ」

「…………………っ！」

警備主任の瞳《ひとみ》に宿った敵意の色が、殺意の色にすら変わり――

「――照合完了！」

オペレーターの一人の声が、ぎすぎすと張りつめた空気をうち破った。

「シェリフスター・カンパニー。ごく最近、地球圏《けん》で発足した会社です！

クロフト・カンパニー傘下《さんか》の厄介事解決《トラブルシュート》の会社です！」

『――ほう――』

期せずして、小さな呻《うめ》きは、コラードとメイガン、二人の口から同時に漏《も》れた。

シェリフスター、というのは知らないが、クロフト・カンパニーの名前となれば話は別である。

日用品から兵器まで、幅広い事業を展開する複合巨大企業。

地球をはるか離れた、むしろ辺境と言ってもいいようなこんな地にも、その名は聞こえてくる。

「ふぅむ……なるほど」

コラードは興味深《おもしろ》そうに、

「クロフト社の関連というのなら、あの程度の武装シャトルを動員するのは、たしかに造作ないだろうね……

しかし、トラブルシュートの会社となれば、当然その依頼主《いらいぬし》もいるわけだ。

——依頼主はわかるかね？　わかれば、そちらから圧力をかける、という手も使える」

「……そ……それが……」

問われてオペレーターは、言いにくそうに、

「……情報ネットの会社案内に、こんなことが書いてあるんですが……

『会社設立記念として、現在無料トラブルシューティング・キャンペーン実施《じっし》中！　トラブルの情報をお寄せください』

……ですから、ひょっとしたら……」

その言葉に、コラードの顔が引きつった。

「……まさか……⁉　無料キャンペーンで攻撃《こうげき》されてるのか⁉　うちはっ⁉」

「……なんか……ランプ灯《とも》ってるぞ」

コントロール・パネルの一角に、明滅《めいめつ》するランプの光を目に止めて、ロブは不安の混じった声で指摘《してき》した。

「あ。これ」

言われたメニィは、平然と、

「外部ハッチが開いてるの」

…………………………

『なにぃぃぃぃぃぃっ⁉』

ロブとマーク、二人は思わず声を上げた。

「お……おい！　ちょっと待て！　飛んでる最中にハッチ開いた、って……⁉」

「ヤバいんじゃないのか⁉」

「だいじょうぶだよ。レティが外に出るだけだから」

『外に出る⁉』

ふたたび男二人の声がみごとにハモる。

「うん。

……えっとね……」

メニィが何かの操作キーを、ぽちっ、と押すと、ディスプレイの一つが、蒼《あお》い機体の一部を映し出す。

『ワイヴァーン』の上面映像である。

ハッチが大きく口を開き、そこからせり上がるように姿を現したのは――

「……装甲強化服《パワード・スーツ》⁉」

マークが驚《おどろ》きの声を上げる。

着用者の動きを直接増幅《ぞうふく》・伝達し、高いパワーと反応速度《レスポンス》を誇《ほこ》る人型兵器――

「『セイレーン』って言うんだよ」

ディスプレイに映し出されたエメラルド・グリーンの機体に目をやりながら、メニィは誇らしげに言った。


「……さて、と……」

ハッチから上半身だけを乗り出して、レティシアは腹をくくった。

右と左の両手には、それぞれ小型の誘導弾《ミサイル》ポッド。

ハッチの壁面《へきめん》に、脚《あし》のクサビ《パイルアンカー》を打ち込み固定して、その下には、予備のミサイル・ポッドがずらりと並べてある。

ヘリ部隊に一撃離脱《ヒット・アンド・アウェイ》で挑《いど》むなら、ミサイルは必需品となるが、『ワイヴァーン』自体にその装備はない。

レティシアは、パワード・スーツで半身を乗り出すことによって、自らがミサイル発射台のかわりになることにしたのだ。

むろん――かなり無茶な行為《マネ》である。

「それじゃあはじめましょうか……

――メニィ！　聞こえる⁉」
『聞こえるよレティ』
「はじめるわよ！
戦闘《せんとう》ヘリ部隊への一撃離脱《ヒット・アンド・アウェイ》開始！　回避《かいひ》行動はそっちに任せるわよ！
ただし！　あまりスピード出しすぎないように！」
「おっけいっ！」
返事とともに――
ぐんっ！
『ワイヴァーン』の機体が一気に加速をかけた！
戦闘ヘリ部隊との間が一気に詰《つ》まる！
――ちょっとメニィ速すぎ！
思いながらも、レティシアは右手の小型ミサイルを構え、ヘリの一機に照準固定《ロックオン》。
同時に発射スイッチを押し込んだ。
どしゅしゅしゅしゅっ！
四連装の全弾《ぜんだん》を一斉《いっせい》に解き放つ！
同時に戦闘ヘリたちも、こちらに向かってロケット弾を思いきりよく一斉発射！
――瞬間《しゅんかん》。

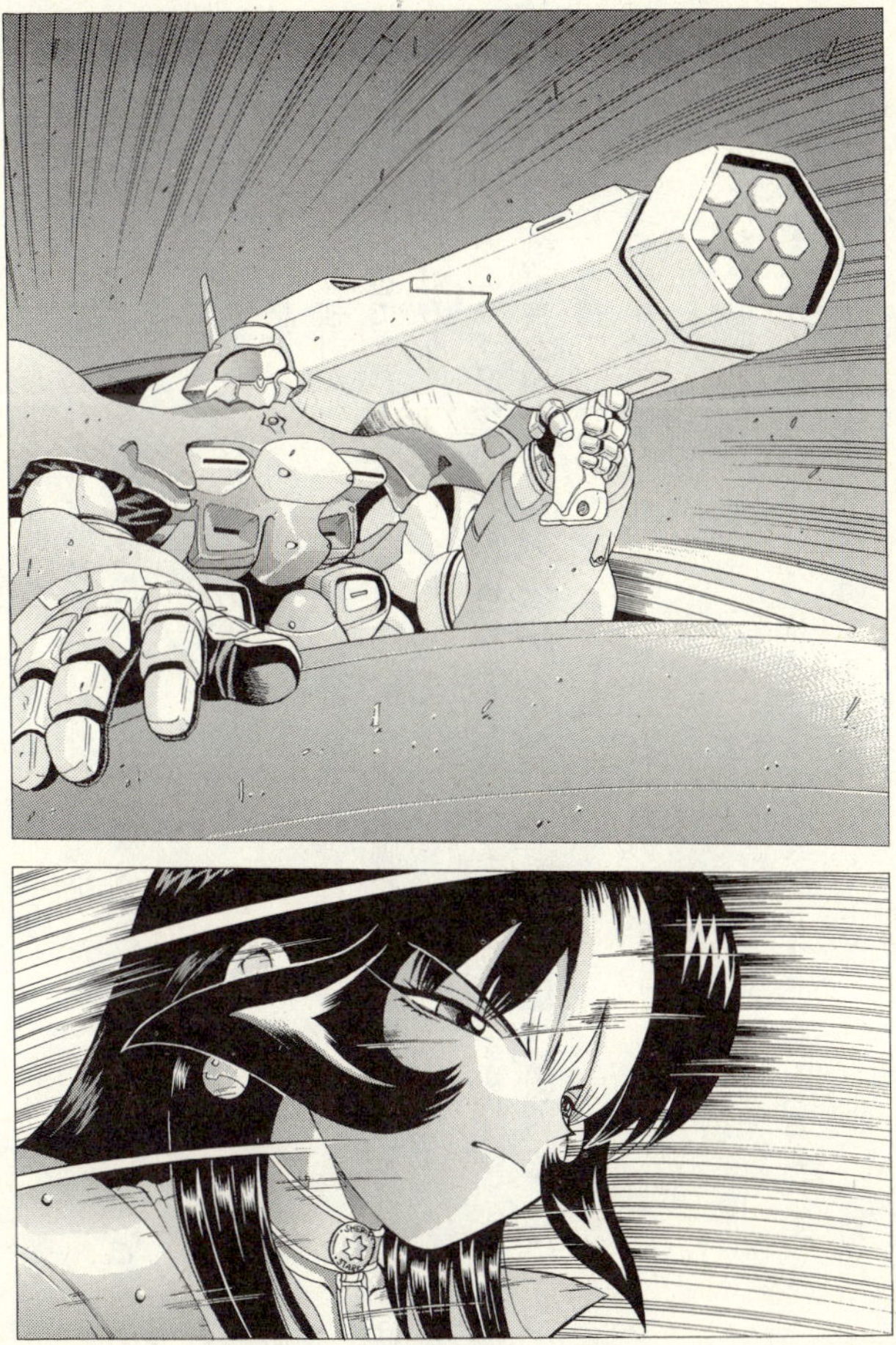

ぐりゅんっ。

脳ミソの中がかき回されたような感覚に、一瞬意識が吹《ふ》っ飛《と》んだ。

――気がつくと、『ワイヴァーン』はロケット弾の間をかいくぐり、ヘリたちとすれ違《ちが》っていた。

レティシアの攻撃《こうげき》を受け、背後でヘリの爆光《ばっこう》一つ。

何が起こったかは想像がつく。

メニィが、かなり強引かつムチャな操縦で回避行動を取ったのだ。

おかげで全弾回避できたようだが、パワード・スーツの脚を機体に固定していなければ、ほうり出されていただろう。

そしてまたまた『ワイヴァーン』が、機体をきしませ、ムチャな転進をかける。

激烈《げきれつ》なGで意識が飛びかかるのに必死で耐《た》えながら、レティシアは、撃《う》ちつくしたミサイル・ポッドをほうり捨て、胸のうちでつぶやいた。

――だからあの子にコントロール任せるのはいやだったのよっ！――

「――一体なにをやっている……！」

怒鳴《どな》りたいのをなんとか抑《おさ》え、メイガンはメイン・ディスプレイをにらみつけた。

画面の中では、ミサイルを受けて落ちゆくヘリの姿。

蒼《あお》い敵機が施設《しせつ》の上を過ぎゆくそのたび、戦闘ヘリは一機、また一機とその数を減じてゆく。

「いやいや全く同感だよメイガンくん。

……まあ、もともと対空装備がないところに、最初のロケット弾斉射《せいしゃ》をかわされた時点で、こうなることは予測できたという説はあるけどねぇ。

……にしても──普通じゃないねぇ。あれは──」

「当たり前ですっ！　たった一機で組織《うち》にケンカ売るなんて、まともな奴《やつ》のやることじゃない！」

なぜか妙に機嫌《きげん》のいい口調で言うコラード所長に、さすがにメイガンは声を荒《あら》げた。

──いやいや。そういう意味で『普通』と言ったんじゃあないんだけどね。私は──

声には出さず、コラードは胸の中でつぶやいた。

相手は決して無人機ではない。

しかし、あのロケット弾の雨をかわした時の動き──

あれは決して、普通の人間にできる動きではなかった。

反射神経だけの問題ではない。あんな滅茶《めちゃ》な動きをすれば、いかに訓練した人間であろうと、Gで一瞬意識が飛ぶ。

だが相手のパイロットは、変わらず機体を操っていた。

……ふむ……なかなか興味深《おもしろ》い──

味方のヘリが次々と落とされてゆく光景を眺《なが》めながら、コラードは口の中でそっとつぶやいた。

そして——

レティシアが、操縦室へと戻《もど》ってきたのは、戦闘ヘリ最後の一機が、火球と化して地に墜《お》ちたあとのことだった。

「おかえりー。レティ」

「あはははははは」

レティシアは、メニィにかわいた笑いを返し、白目をむいてぐったりしているマークとロブのシートの間を通り抜け——

びすっ！

「あいた。」

『ワイヴァーン』の機体が一瞬、ぐらり、と揺《ゆ》れる。

「レティ……脳天チョップって痛い」

抗議《こうぎ》は無視して、レティシアはパイロット・シートに腰《こし》を下ろし、

「あたしの手も痛かったからおあいこよ。

ほら、コントロールこっちに回して」

「はーい」
メニィがパネルを操作し、機体のコントロールをレティシアの手に戻す。
「……まったく……無茶《むちゃ》な動かし方して……
おかげで後ろの男二人《おまけ》、目ぇ回してるじゃないの。
あたしも一瞬《いっしゅん》意識飛んだわよ。あれは」
「えー。
でも、レティに言われた通り、あんまりスピードは出さなかったよ」
「……ほほぅ……あれで……
……まあ落とされるよりマシって言えばたしかにマシなんだけど……
――とにかくこうなれば、あとは建物ぶち壊《こわ》して――
地下に潜入《せんにゅう》、破壊《はかい》あるのみよっ！」
そして灰色の建物に向かい――
『ワイヴァーン・ブレス』が炸裂《さくれつ》する！
モニターの中で、あざやかなオレンジ色の光が閃《ひらめ》いた。
無機質な灰色の建物を彩《いろど》るかのように。
いくどもの砲撃《ほうげき》の後、ようやく直撃したのだ。施設《しせつ》の弾薬庫《だんやくこ》に。

刹那《せつな》の間を置き――

ぐわわわわっ！

爆発《ばくはつ》の衝撃波《しょうげきは》が『ワイヴァーン』の機体を揺らす。

「……な……？」

「なんだ!?」

その振動《しんどう》に、後ろで目をまわしていた男二人も、ようやく目をさます。

「おはよう。

地上《うえ》はあらかた片づいたわよ」

ふり向きもせずにレティシアが声をかける。

「これで警備ブロックは沈黙したはず。あとは地下の施設だけよ。

――じゃあ、あたしたちはちょっと出かけてくるから、ここで留守番《るすばん》お願いするわ」

「待ってくれ！」

声を上げたのはマークだった。

「――俺《おれ》も行く」

「足手まといよ」

彼女は冷たく言い放つ。

マークのようなタイプには、優しい言葉やりくつを並べた説得よりも、突き放す方が効果あり、と踏《ふ》んだのだ。

「まだ敵は残ってるはずよ。ついて来られても、そっちのフォローまではできないわ」

しかし――

「フォローしてくれとは言わん。ジャマになれば見捨ててくれ」

あっさりとマークは言い放った。

「そういうわけにもいかないでしょう」

「……あんたらが、なんで組織のアジトを潰《つぶ》そうとしてるのか、俺は知らん。けど、ここは俺たちの惑星《ほし》だ。他人任せにはできん」

「つまらない意地ね」

「ああ。つまらない意地だ。けど俺にとっちゃあ、それこそが大事なんだ」

マークの言葉に、しばしコックピットに沈黙《ちんもく》が落ち――

……ふう……

ため息をついたのはレティシアだった。

「……一応パワード・スーツ二機のほかにも、装甲服《アーマー・スーツ》があるわ。

顔とかにさえ当たらなければ、ちょっとした拳銃《けんじゅう》の弾丸《たま》くらいは止まるはずよ」

「……恩にきる……」

「お……おれもついてくぞ！」

負けじとロブも声を上げる。

もっともこちらは、レティシアにいいところを見せたい、という気持ちの方が強いようだが。

「無理しない方がいいわよ」

「女に戦わせて、のうのうと留守番なんかしてちゃあ男がすたるってもんだ！」

「……ずいぶん古いポリシーね。つまらないことにこだわってると、楽しい人生は送れないわよ」

「こだわりたい年頃《としごろ》なんだよっ！

……マークの奴《やつ》は『おれの星の問題』なんて言ってたけど……

それを言うなら、あいつらのせいで一番痛い目見てたのはおれたちの街だ」

「……了解。

パワード・スーツの方は任せられないけど、装甲服《アーマー・スーツ》なら二着あるから……」

言いかけて、レティシアは沈黙した。

「どうした？　急に黙《だま》って？」

問いかけるロブに、彼女は深刻な表情で、

「……サイズ……合わないかも……」

「外の様子はわからんのか？」

「駄目《だめ》です！　攻撃《こうげき》で通信ケーブルが断絶したもようです！」

「連絡《れんらく》が取れるうちで、一番近い班は⁉」

「Cブロックに待機している班が……」

「連絡を取れ！　地上の様子を偵察《ていさつ》に行かせろ！」

「了解《りょうかい》っ！」

司令室は、いまや混乱に満ちていた。

メイガンとオペレーターたちとの声が錯綜《さくそう》し、後ろでコラードが、なにやらつぶやきながら、うろうろ歩きまわっている。

メイガンにとって、殴《なぐ》り合いや撃ち合いはともかく、『戦闘指揮《せんとうしき》』というのははじめての経験だった。戦力が崩《くず》れはじめると、どうしていいのかもわからなくなる。

適当に場当たりな命令を発しているそのうち――

「地上偵察班より通信！　侵入者《しんにゅうしゃ》と交戦！」

『侵入者⁉』

メイガンとコラード、二人の声がみごとにハモる。

「——なんとしてでも仕留めろ！」

「いや！　退却《たいきゃく》だ！」

メイガンの命令を、即座《そくざ》にコラードの言葉が否定した。

「所長⁉」

「どうせ相手はパワード・スーツなんだろう？　なら生身《なまみ》じゃあかなわないだろ」

「……しかし……！」

「——地上の警備《けいび》棟《とう》はなくなった。

警備主任たるきみの命令権も、ね。

これより当施設の全命令は、このレヴィアン＝コラードが下す」

「所長⁉」

非難のまなざしを向けるメイガンに、しかしコラードはひややかな口調で、

「これは所長命令だよメイガンくん。

異議があるというなら、本部に連絡を取って、ボスに許可でももらってきなさい」

「……っ……！」

言われてメイガンは、ぎり、と奥歯を噛《か》みしめる。

むろんそんなことができるわけはない。事情が知れれば、まず第一に警備主任たる彼の立場——どころか命があやうくなる。

「……わかりました……！

ただし！

侵入者迎撃《げいげき》の際には、私もその部隊に参加させてください……！」

「なるほど、名誉挽回《めいよばんかい》というわけだね。もちろんいいともメイガンくん」

彼は愛想《あいそ》笑いを浮《う》かべてから、並み居るオペレーターたちに向かって指令を下した。

「部隊を地下施設《しせつ》に撤退《てったい》させたまえ。

敵もおそらく追いかけてくるだろうが……

地下へ行く通路なら監視《かんし》カメラが生きている。相手の顔がおがめるはずだ」


半ばがれきと化した通路を、四つの影《かげ》が進んでゆく。

先をゆく二つは鋼《はが》鉄《ね》の巨体《きよたい》。

高さは二M半ほどはあるだろう。

一つは静かな大河のようなエメラルド・グリーン。そしてもう一つは澄《す》んだ海のような透明《とうめい》な水色《アクアマリン》。

レティシアとメニィの操るパワード・スーツ、『セイレーン』と『ウィンディーネ』。

レティシアの操る『セイレーン』の手には、大きなバルカン砲《ほう》が抱《かか》えられていた。

その後ろに続くのは――

かりものの白い装甲服《アーマー・スーツ》に身を包んだマークとロブの二人である。

要所要所に多少の伸縮性《しんしゅくせい》があるので、無理矢理なんとか着る——というより、体を押《お》し込《こ》んでいるのだ。

しかしもともとは、レティシアとメニィの兼用《けんよう》として装備されている、女性用の装甲服《アーマー・スーツ》である。それを男が無理矢理着込んでいるのはえらく見苦しいのだが……とりあえず、見た目を気にしている場合ではない。

——地上の建物を、砲撃《ほうげき》であらかた壊滅《かいめつ》させたあと——

『ワイヴァーン』を上空に自動操縦《オート》で旋回《せんかい》待機させ、四人はパワード・スーツと装甲服《アーマー・スーツ》を身につけて、地上へとパラシュート降下したのだった。

「……なんか……敵が出てこなくなったな」

あたりをきょろきょろ見回しながら、ロブが言う。

たしかに先ほどまでは、時々敵が姿を見せて、パワード・スーツを目にして即《そく》逃げ出したり、果敢《かかん》にも立ちはだかって、あっさりレティシアにぶち倒《たお》されたりしていたが——

今は、その姿をめっきり見かけなくなっている。

「連中も、さすがに息切れしてきた、ってわけだ！」

調子づいてロブが声を上げる。が——

——罠《わな》ね——

状況《じょうきょう》の変化を、レティシアはそう見て取っていた。

だが、罠をおそれて引き返したのでは、ここまでやった意味がない。

いずれにしても、進むのみ。

『行くわよ。どこかに地下への入り口があるはずよ』

パワード・スーツの外部スピーカーを通し、レティシアは一同に宣言した。


「よぉし見えた見えた！

……は……いいが……」

モニターに映し出された四人を目にして、コラードはわずかに眉《まゆ》をひそめた。

「……なんだ？　あの後ろの男二人は？」

「何か？」

画面操作をしていたオペレーターの問いかけに、コラード所長は眉をひそめたまま、

「装甲服《アーマー・スーツ》のサイズが合ってない」

「……そうなんですか……？」

「そうだよ。

……ふむ……ということは、何かのなりゆきで参戦した連中に、間に合わせの装備を貸した、といったところか……

よぉし！　ならば本命はパワード・スーツの二人だな！　あの形状からすると動力部は分散タイプで……合計五基。となると総合出力はざっと……ふむふむ……

——メイガンくん！」

「何です？　所長」

そばで黙《だま》って突《つ》っ立っていたメイガンが、不機嫌《ふきげん》な声で応《こた》える。

「喜んでくれたまえ！　名誉《めいよ》挽回《ばんかい》のチャンスだよ！

残った警備員を率いて侵入者《しんにゅうしゃ》と交戦——」

「——わかりました。必ず殲滅《せんめつ》して——」

言いながら、きびすを返そうとするメイガンに、コラードはあわてて待ったをかける。

「違《ちが》う違う！

適当に戦ったら、負けたふりをして、連中をなんとかB—六三ホールに連れ込んでくれたまえ。

きみが本領を発揮《はっき》するのはそれからだ」

「あそこにですか⁉　けど何故《なぜ》⁉　わざわざ内部に引き込むなど——」

「説明すると長くなる。

とにかく、うまくやってくれれば、きみの失態など帳消しにしておつりが来る、とだけ言っておくよ」

「──わかりました！　では早速！」

言って出てゆくメイガンの背に、コラードは小さくつぶやいた。

「……帳消しっていうのはウソだけど」

まさにそれは、突然《とつぜん》のことだった。

どがががががががががっ！

通路の角を曲がったそのとたん、銃弾《じゅうだん》の雨が降りそそいだのは。

『──っ！』

あわてて身を引き、通路の陰《かげ》に身を隠《かく》すレティシア。

『どしたの？　レティ』

『見ればわかるでしょ！　待《ま》ち伏《ぶ》せよっ』

言いながら、いつものクセで、メニィの、というかパワード・スーツ『ウィンディーネ』の頭に軽くチョップ。

がぢん。

金属同士のぶつかる硬《かた》い音。

『レティ、痛い。』

『そんなわけないでしょっ！』

「……なるほど……

どうもおとなしいと思ったら……待ち伏せしてやがったのか」

こんなところで戦力集中して、ちなみにこれは借り物ではなく自前である。

銃を手にしてつぶやくマーク。ちなみにこれは借り物ではなく自前である。

『……そういうのとも……ちょっと違うみたいね……』

壁《かべ》を眺《なが》めてレティシアが言う。

今の一斉射撃《いっせいしゃげき》が通路の壁にうがった弾丸《たま》のあと——

それらはすべて、壁の端《はし》の方についていた。

彼女は今、とっさに通路の陰に逃げ込んだが、もしもあのまま突っ立っていても、おそらく
弾丸《たま》は一発も当たらなかっただろう。

……なるほど……

レティシアはバルカン砲《ほう》を左手で持ち、腕《うで》だけを角から出すと——

ゔぁららららららららららららっっっ！

バルカン砲を一連射！

『うわわあわわわわわっ⁉』

盛大な悲鳴が上がり——

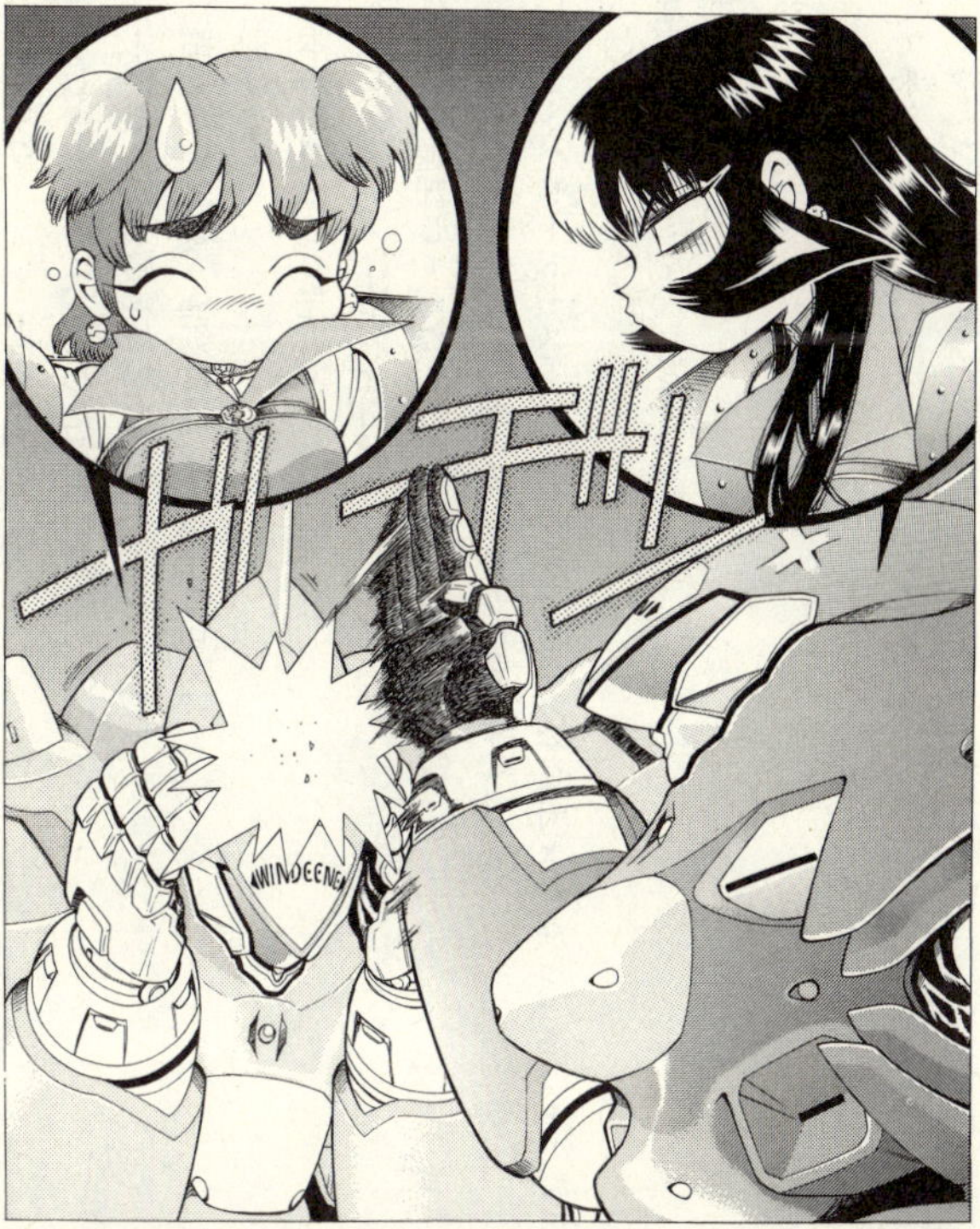

「──ひ──退《ひ》けぃっ！　退けえっ！」

指揮官《しきかん》らしき男の声に、あわただしい靴音《くつおと》が続く。

「おおっ！　なんか楽勝っぽいな！」

全然活躍《かつやく》しないまま、強気に言ってのけるロブ。

『思った通り──

たぶん本当の罠《わな》はこの先よ』

しかし、レティシアは冷静な口調で、

『適当に戦って退却《たいきゃく》して、こちらを誘《さそ》い込むつもりね。

連中が、あっさり退《ひ》いていったのが何よりの証拠《しょうこ》よ』

「……いや……パワード・スーツにバルカン砲なんぞ乱射されたら、ふつーの奴《やつ》は逃げると思うが……」

小さな声でツッコミを入れるロブ。

「……で？　行くのか？

罠とわかってて」

マークの問いに、レティシアは、パワード・スーツの中で苦笑を浮かべ、

『ここまで来て引き返すわけにはいかないでしょ？

──行くわよっ！』

そして、一同はふたたび走りだす。

これ見よがしに開いたドアをくぐりぬけ、無人の通路を突っ走り、エレベーターの壁をぶち抜《ぬ》き、ワイヤーを使ってシャフトを降りて——

どれくらい走り続けただろうか。

やがて一同がたどり着いたのは、だだっ広い空間だった。

いびつな円形をしており、広さは十数M程度なのだが、天井《てんじょう》がやたらと高い。

部屋《へや》、というよりもむしろ、巨大《きょだい》な円柱の中、といった感じである。

そして——

「——ようこそ。私の研究所へ！」

唐突《とうとつ》に、男の声がこだました。

上から——である。

見上げれば、壁のはるか上の方——テラスのようにはり出した場所に、一人の男が立っていた。

レティシアは、モニターをズームアップする。

映し出されたのは、白衣をまとった、四十がらみの、痩《や》せたメガネの男。

「私がこの施設《しせつ》の所長をつとめるコラードだ。

「諸君らの活躍はモニターを通して楽しく拝見させていただいたよ！」

……なんか……長い話になりそうね……。

思ったレティシアは、外部スピーカーをオフにして、メニィの『ウィンディーネ』だけに通信回線を開く。

「……メニィ、ジャンプしてあいつ、捕《つか》まえられる？」

『……えっとね……だいじょうぶだと思う』

「じゃ、お願い」

『わかった』

答えるなり――

アクアマリン・ブルーの機体が跳《は》ね上がった！

コラードに動揺《どうよう》はなかった。

相手のパワード・スーツは、飛行用にできてはいない。

形状などから総合的に分析《ぶんせき》すれば、だいたいどの程度のジャンプ力を持っているかは予想がつく。

能力を多少割り増しにして考えても、このテラスまでは絶対届かないはずだった。

『ウィンディーネ』の機体はテラスに向かって跳《と》び――

その右手がはね上がる！
どぎんっ！
射出されたワイヤー銛《ハプーン》は、コラードのすぐそばの壁面《へきめん》につき刺《さ》さる。
ジャンプ力の足りない分、これで機体を引き上げるのだ。
——が。
——悪いがそれも計算のうちでね——
コラードは後ろ手に隠《かく》し持っていたヒートナイフをむぞうさにふるい——
ぶづっ。
ワイヤーは、いともあっさり断ち切られた。
そして『ウィンディーネ』は跳躍《ちょうやく》の最高点へと達する。
テラスの——ほんの一Mほど下。
手を伸《の》ばしても届かない。
——よくがんばったけど残念だね——
コラードが、心の中で冷笑したその刹那《せつな》。
それは起こった。
ばくんっ。
フタが開くように、パワード・スーツのハッチが開いた。

むろん、空中で。

……え……？

コラードの目が点になる。

スーツを操っていた少女は、するり、とスーツを抜け出すと——

パワード・スーツそのものをジャンプ台にして、テラスに向かって跳び上がる！

——なにぃぃぃぃぃぃぃぃいっ⁉

そして。

「ほいっ。」

硬直《こうちょく》するコラードの目の前——テラスの端《はし》にメニィは降り立った。

「……………………………これは……………

さすがに計算外だな……」

「つかまえたっ！」

言ってメニィは、右手で、わしっ！　とコラードをひっ摑《つか》む。

——がぢゃぁぁぁあんっ！

主を失った『ウィンディーネ』が、盛大な音を立てて下に落ちたのはこの時だった。

「……なるほど……降参だ」

コラードは苦笑を浮かべて言い放ち、手にしたナイフをいともあっさりほうり出す。

「レティー！　つかまえたよー！」

テラスから身を乗り出し、下に向かって嬉々《きき》とした声を上げるメニィ。

『よくやったわ！　でも装備はもっとていねいに扱《あつか》ってね！』

下からレティシアの声が応えた。

『今からジャンプしてそっちに行くわ！　逃がさないようにちゃんと押さえててね！　くれぐれも油断するんじゃないわよ！』

「はーい」

メニィは、無意味に元気——というよりは、何も考えてない返事をして視線を戻《もど》し——

「……あ。」

思わず小さな声を上げる。

その手の中には、コラードの白衣だけがくったりと伸《の》びていた。

当人の姿はどこにもなく、テラスの後ろに通路が延びるのみ。

最初捕まえた時から、彼女が一所懸命《けんめい》にぎりしめていたのは、コラードの白衣のすそだったのである。

それに気づいたコラードは、スキを見て、白衣をするりと脱《ぬ》ぎ捨て逃げたのだ。

「……えーっと……」

メニィはしばし考えてから、ふたたびテラスから身を乗り出して、

「逃がしちゃったから追いかけてくる！」
言ってくるりときびすを返し、あわてて通路に駆《か》け込《こ》んだ。
急ぎコラードを追う、というよりもレティシアに怒《おこ》られるのから逃れるように。
『……は……？』
一瞬《いっしゅん》――
メニィが何を言ったのか、レティシアには理解できなかった。
逃げられた――と言っていたが――
『……ちょ……
ちょっとメニィ!?』
あわてて声をはり上げるが、もはや答えは返ってこない。
『……ったくあの子は……！』
味方の戦力が無計画に分散するのは不利である。
『あたしたちも追うわよ！』
マークとロブにそう宣言し――
「いや。もうこれ以上は進ません」
憎悪《ぞうお》のこもった男の声が、あたりに響《ひび》いたのはその時だった。

「……えーっと……？」

メニィが足を止めたのは、その部屋にたどり着いた時のことだった。

それまでは何も考えずに、目につくところに開いているドア、そこに延びる通路に飛び込み、ひたすら走り続けていたのだが――

この部屋には、入ってきたドア以外に開いている扉《とびら》はなかった。

円形で、広さはさきほどの場所よりもやや狭《せま》く、天井はぐっと低くなって五M程度。

部屋には二カ所にシャッター。今はその双方《そうほう》が閉ざされている。

どこにも人の姿はない。

『待っていたよ』

無人の部屋に響いたのは、スピーカーを通したコラードの声だった。

「？」

あたりをきょろきょろ見回しながら、踏《ふ》み込《こ》むメニィのその後ろで、入ってきたドアが静かに閉じる。

『あの青い航空機……ロケット弾《だん》をかわした時、あれを操っていたのはきみか？』

「え？」

問われてメニィはしばし考え――

「うん」

すなおにこっくりうなずいた。

『なるほど……やっぱりな……

そういうことか。よくわかったよ……

素晴らしい。実に素晴らしい』

コラードの声には、まぎれもない、感嘆《かんたん》の響きが混じっていた。

『……とはいえ……自我の調整はあまりできていないようだね』

「……ジガ？」

『不要な単語は教えられていないか……

まあいい。

ところで、きみはこの私を捕《つか》まえたいんだったね。

しかし、私がどこにいるかはわからない』

「うん」

『……いいだろう。

ちょっとした実験につきあってくれたら、この私の居場所を教えてあげよう』

「ほんと？」

『ああ。本当だとも。

……ところできみは、怪獣《かいじゅう》映画は好きかね』
「カイジューエーガ?」
『わからないか。……そうだろうね……
まあいい』
……ガラガラガラガラガラ……
話すうちにも音を立て、部屋にある二つのシャッターが開きはじめる。
『ついでにきみには、この施設で何を研究していたかも教えてあげるよ』
開いたシャッターの向こうには、それぞれ大きなガラス・ポッド。
ポッドのロックが、かちゃりっ、と小さな音を立てて外れ——

ばぢゃあっ!


異様なにおいのする液体を、部屋一面に撒《ま》き散らす!

メニィは静かに視線を向けた。

そのポッドの奥《おく》から現れた相手に。

身長は、ほとんど少女の倍近く。二本脚《あし》で立ってはいるが、全身を剛毛《ごうもう》で覆《おお》われた、人とも獣《けもの》ともつかぬ異形《いぎょう》——

『この星の原住生物と、人間の遺伝子をベースにした生体兵器《バイオ・ウエポン》だ。

戦って勝てば——私の居場所を教えてあげるよ』

コラードの声が部屋に響いた——

3

低い唸《うな》りが部屋《へや》に満ちる。

そしてメニィは――ゆっくりと歩みを進めた。

目前に立ちはだかる、二匹《ひき》の獣に怖《お》じるそぶりすら見せず。

――獣――

そう、それはまるで擬人化《ぎじんか》された獣だった。

全身を覆う黒い獣毛《じゅうもう》。長く発達した腕《うで》。はんぱな長さを持った尾《お》をぶら下げて、二本の脚《あし》で立っている。

顔は、あえて似ているものを挙《あ》げるとすれば人間だろう。

かといって、猿《さる》に似ているわけでもない。

その顔は、他の生き物を食って生きる――肉食獣のものだった。

あきらかに、人間と、何か別種の生き物の遺伝子とが混在している。

遺伝子操作生体兵器《ジーン・バイオ・ウエポン》――

『我々はそれを『ガルム』と呼んでいる。さて、勝てるかな?』

たっぷりと余裕《よゆう》を含んだコラードの声。

しかしメニィは、怖じることなく歩みを進め——

二匹の間をするりと通り抜け、シャッターの奥《おく》や、生体兵器《バイオ・ウエポン》の入っていたポッドなどを、ぺたぺたとむやみに触《さわ》って調べはじめた。

『ガルム』の方も、目が醒《さ》めたてで、何をしていいのかわからないらしく、ただ唸っているだけである。

『あ。こらこら。おい。

そうじゃなくて、戦って倒《たお》してみせろと言ってるだろ』

抗議《こうぎ》の声を上げるコラード。

「……えー……？

でも、さっきも『降参する』って言っといて逃げたし……」

『あれは大人《おとな》の駆《か》け引きというものだよ。

降参するとは言ったが、逃げないとは言わなかっただろう？』

「だましたんだ！」

『言葉を正確に理解しなかった、そちらの方が悪いのだよ』

「あたし、悪くないもん！」

『『もん』とか言われても困るのだが……

いいから戦え！』

「やだ！」

『むう……』

コラードは本気で困っていた。

メニィのいるその部屋は、生体兵器《バイオ・ウエポン》の実験室だった。

生体兵器《バイオ・ウエポン》同士を戦わせてみたり、攻撃《こうげき》していい相手と攻撃してはいけない相手とを見分けさせる実験を行ったり。

今配備されている『ガルム』タイプには、侵入者《しんにゅうしゃ》の撃退《げきたい》、という学習をさせている。解放と同時に、メニィに向かってその爪《つめ》と牙《きば》とを振《ふ》るうはずだったのだが……

どうやらその学習に問題があったらしく、もとから部屋にいたメニィを侵入者とは認識せずに、おろおろうろうろしているだけ。

『……わかった。なら仕方ない』

スピーカーから、コラードの声が流れたその直後。

「――!?」

メニィはわずかに眉《まゆ》をひそめた。

音が聞こえたのだ。

人間の耳にはぎりぎり聞こえるかどうかの、低い、低い音。

刹那《せつな》。

――がごぁぁぁあっ！

『ガルム』が吠《ほ》えた。

背後に強烈《きょうれつ》な敵意が生まれる！

そして。

ざんっ！

『ガルム』の爪がメニィの背を薙《な》ぐ！

赤い血が、飛沫《しぶき》と散った。


……ゴ……ゴゴゴゴ……

レティシアたちの佇《たたず》む目の前で、壁《かべ》の一面が大きく開く。

その向こう――ライトに照らされ、佇《たたず》むのは、巨大《きょだい》なカニにも似た物体だった。

全高およそ三M。全幅《ぜんぷく》ざっと六M。

本体の上下には、砲台《ほうだい》らしきものがついている。

がちゃがちゃがちゃっ！

迷彩色《めいさいしょく》に塗《ぬ》られたそれは、鋼《はがね》の足音響《ひび》かせて、六本の脚を使って、こちらの部屋へと歩み出る。

『貴様らにはここで消えてもらう！』

男――メイガン警備主任の声は、その鋼の塊《かたまり》から聞こえてきた。

『試作装甲獣機《プロトタイプアームファング》『アーメット』！　これの実戦テストに協力できることを光栄と思いながら死んでもらおう！』

言い放つ背後でふたたび扉《とびら》が閉まる。

「……な……なんかムチャなこと言ってるぞオイ！」

焦《あせ》るマークをよそに、レティシアは冷静な口調で朗々《ろうろう》と、

『……なるほど……

試作《プロトタイプ》、ってことは、ここは兵器の実験工場ということね』

『……ほう……気がついたか』

『ラガイン・コネクションが死の商人《兵器売買》やってるのは知ってたけど、開発まで手がけてるとは知らなかったわ。

――そうそう。これはあたしの想像なんだけど――』

レティシアはここで一拍《いっぱく》置いて、

『グラナダ連合とアルバ共和国――

この惑星《ほし》、ファーサイドで領土問題起こしてる二つの国――

ひょっとしてあなたたち、その二国の上層部とつながってたりしない？　新開発の強力兵器、

販売致《はんばいいた》します、とかいう触《ふ》れ込《こ》みで』

『……な……!?』

レティシアの言葉に、マークとロブの二人が息を呑《の》む。

もしもその指摘《してき》が当たっているなら――皆《みな》を苦しめている領土問題は、二つの国と組織とが、馴《な》れ合いで起こしている茶番劇、ということになるのである。

たしかに――

今は領土の空白地帯になっているからといって、そこにこんな大規模の工場をぶち建てて堂々としているなど、まるで、領土問題が解決することなどない、と確信しているかのようではある。

『さあな。私はそこまでは知らんな。

そういうこともあるかもしれんが……』

メイガンは言う。

『いずれにしても、お前達の命がここで途切《とぎ》れることに変わりはない』

がぎゃっ！

耳《みみ》ざわりな足音を立て、『アーメット』が一歩踏《ふ》み出す。

「おいっ！　ヤバいぞっ！　どうする!?　どうするんだよ!?」

『……そうね……あたしの希望としては……』

『アーメット』からは目を離さぬまま。そばでうろたえまくるロブに向かって、レティシアは言った。

『……なんでもいいからちょっとは役に立って。あんたたち。』

——たんっ！

跳《と》ぶと同時に身をひねり、メニィは相手と向き合う形で着地した。

そこには、敵意の色に瞳《ひとみ》を染めた『ガルム』の姿。

背中を爪《つめ》で薙《な》がれたが、傷はそれほど深くない。

あの妙《みょう》な音が聞こえた瞬間《しゅんかん》。

背後に殺気を感じ取り、彼女はとっさに跳んだのだった。

唸《うな》るガルムが、もはや完全に自分を敵だと見なしていることは、メニィにもはっきりとわかった。

彼女に飛びかかるべく、『ガルム』の全身がしなやかにたわみ——

ごぅあぁっ！

ごっ！

重いもの同士のぶつかる音。

メニィに襲《おそ》いかかろうとしていた『ガルム』に横から飛びかかったのは、もう一匹《ぴき》の『ガルム』だった。

「……え？」

呆然《ぼうぜん》とつぶやくメニィ。

さきほど部屋に響《ひび》いた低い音――

あれは『ガルム』を凶暴化《きょうぼうか》させ、見境なしに暴れさせるためのものだった。

『ガルム』たちとメニィを戦わせるため、コラードが使った苦肉の策だったのだ。

しかし二匹の『ガルム』は互《たが》いをも敵と判断し、間合いを取ってにらみ合う。

「……なんかよくわかんないけど……

ここにはあのひといないみたいだし……

じゃ、あとは若いひとたちに任せて」

わけのわからんことをつぶやいて、メニィは何事もなかったかのような無造作な足取りで、入ってきた扉《とびら》に歩み寄り、ドアに手をかけて――

「…………………」

ちりちりとした空気を背後に感じ取り、ゆっくり後ろをふり向けば、じっとこちらをにらみすえる二匹の『ガルム』。

「……あ。

やっぱり見逃してくれない？」

言った瞬間《しゅんかん》。
ごあああッ！
『ガルム』が吠《ほ》える！
一匹が身をひるがえし、メニィに向かって突進《とっしん》する！
刹那《せつな》。
たたんっ！
床《ゆか》を、壁《かべ》を蹴《け》りメニィが跳《と》んだ！
突進してきた『ガルム』の頭上を越《こ》えて、その背後へと着地する。
いきおい余った『ガルム』はそのまま扉へと突進し――
ぎゃりっ！
その爪《つめ》が扉の表面をこする。
『残念だったね。『ガルム』に扉を破らせようという発想は悪くなかったが』
響くコラードの嘲笑《ちょうしょう》。
ここは生体兵器《バイオ・ウエポン》の実験場。その部屋のドアが、生体兵器《バイオ・ウエポン》の爪で破れるわけもない。
着地したメニィに、もう一匹の『ガルム』が突進する！
どんっ！
少女の体がまともに吹《ふ》っ飛《と》んだ――

ように見えただろう。はたから見ていたならば。

しかし接触《せっしょく》の瞬間、メニィは『ガルム』の突進力を利用して自ら跳んだのだ。

足から壁に着地して、その反動を利用して、別の方に向かって跳躍《ちょうやく》。

降り立つメニィに、二匹の『ガルム』がダッシュをかける！

「なんであたしの方にっ⁉」

ぼやいて身をひるがえすメニィ。

背中の傷──血のにおいに、凶暴化した『ガルム』たちが反応していることには気づいていない。

一気にダッシュで──

ガルムたちの眠っていた、カプセルのあった部屋へと向かう。

『──しまった！』

コラードの悔恨《かいこん》の声。この部屋《へや》の内装は『ガルム』の攻撃に耐《た》えられるように設計してあるが、奥《おく》の部屋は話が別。

あわてて部屋と部屋とをつなぐ、シャッターを閉じようとするが──

もたもた動くシャッターなどよりはるかに速く。

メニィが、そして二匹の『ガルム』が扉をくぐる。

ばぎぃんっ！

メニィの肉体《からだ》を捕《と》らえそこねた『ガルム』の爪が、培養《ばいよう》ポッドをぶち砕《くだ》く。

人の反応速度を上回る『ガルム』たちの連撃を、しかしメニィはことごとく、かわし、受け流していた。

そして——

ぎゃりっ！

受け流された爪の一撃《いちげき》が、部屋の壁に深々と裂痕《れっこん》を刻んだ。

メニィは反対がわの壁へ逃げ、『ガルム』たちを引きつけてから、ふたたび回避《かいひ》。

穿《うが》たれた裂《さ》け目の前で佇《たたず》んだ。

そこに、二匹の『ガルム』が一斉《いっせい》に突《つ》っ込《こ》んで来る！

皓《しろ》い爪がライトに煌《きら》めき——


どぎゃっ！


壁が爆《は》ぜ割れた。

「うわっ⁉」

スピーカーを通さずに聞こえるコラードの声。

並ぶ無数のコントロール・パネルとディスプレイ。

左の壁の大半を占《し》める、大きなディスプレイには、ついさきほどまでメニィのいた部屋が映し出されている。

――実験場のコントロール・ルーム。

コラード所長はここにいた。

「くそっ！　安い壁材使いおって！」

建築素材に毒づいて、身をひるがえして戸口へと。

その背に――

「みつけたっ！」

無意味に元気な少女の声がかかる。

「――まずいっ！」

あわててドアから飛び出すコラード。

数歩遅《おく》れてあとを追うメニィ。

さらにそれから一歩遅れて二匹の『ガルム』が続き――

だんっ！

二匹同時に突っ込んで、人間用の小さなドアに引っかかり、つかえてじたばたわきわきもがきだす。

そして。

「つかまえたっ！」

メニィはいともあっさりと、コラードを捕《つか》まえていた。

「……さすがにこうなっては……逃げられるわけがないか……」

苦笑を浮かべてため息混じりにつぶやくコラード。

メニィの手は、今度はしっかりと、コラードの右手を握《にぎ》りしめていた。

「わかったわかった。おとなしくするから、右手、放してくれないか？　痛いよ」

「……ほんとーに逃げない？」

「ああ、単純なかけっこじゃあ、絶対きみに敵《かな》うわけがないだろ？　きみだって知ってるだろ？　そのことは」

「んー……」

持って回ったコラードの言葉に、メニィはしばし考えて、

「そーね」

あっさりと納得《なっとく》してその手を放す。

「いやいや素直で結構」

にこやかな口調でそう言うと、コラードは自由になった右手で、メニィの背中を、ぽんっと叩《たた》く。

「――じゃ、あたしといっしょにレティのところに行こ」

「……？」

陽気な口調のメニィに、コラードはわずかに眉《まゆ》をひそめ、

「――ああ。きみの仲間のことか。

まだあの場所にいるかな?

――まあいい。こっちだ。来たまえ」

コラードは、メニィの背中に手を回し、腰《こし》を抱《だ》くように歩きはじめる。

「近い?」

「まあ……エレベーターを使えばすぐだよ」

陽気なメニィに苦笑で答え、コラードはぼそりとつぶやいた。

「……なるほど……そういうことか……

それは思いつかなかったな……クロフト社も酷《ひど》い真似《まね》をしたもんだ……」

「え? 何?」

「いやいや何でもないよ。

さ。行こうか」

言ってコラードは先を促《うなが》す。

――そのずっと後ろでは、凶暴化音波《バーサーク・ノイズ》の影響《えいきょう》がやっと解けた『ガルム』二匹《ひき》が、妙《みょう》におとなしくなっていた。

やはり戸口につかえたままで。

ぢゃぎっ！

先手を取ったのはレティシアだった。

いきなり左手のバルカンを構え、問答無用で一連射！

ぎゃらららららららららっ！

『うわわわわわわっ!?』

いきなりのことに、あわてて飛び離れるマークとロブ。

――しかし。

『効かんなぁ。その程度では』

メイガンの余裕《よゆう》の声を響《ひび》かせて。

無数の弾丸を撃《う》ち込《こ》まれたはずの『アーメット』は、依然《いぜん》その場に佇《たたず》んでいた。

傷一つついていない――とは言わないが、すべて装甲《そうこう》で止まっている。

『今度はこっちだ！』

がぐんっ！

『アーメット』機体上部の砲座《ほうざ》が動き、砲口がレティシアの『セイレーン』をにらみすえる。

レティシアが大きく横に跳《と》ぶ。

同時に。

ごうんっ！

轟音《ごうおん》とともに、たった今まで彼女がいた場所の床《ゆか》が歪《ゆが》みひしゃげて、構造材があたりに飛び散った。

これだけの破壊力《はかいりょく》の前では、パワード・スーツの装甲など、紙の衣と変わりない。

——ならば！

レティシアは砲座の動きに注意しつつ、『アーメット』に向かって横手からダッシュをかけた！

重装甲とはいえ、関節部などは構造上どうしても脆《もろ》くなるはず。至近距離からそのあたりを攻《せ》めれば、動きを完全に止めることも可能だろう。

そうなれば、もはや相手は単なる砲台。そうそう怖《こわ》いものではなくなる。

ゆぅんっ。

滑《すべ》るような音を立て、『アーメット』の下部砲座が動く。砲口の狙《ねら》う先はこちらではない。

マークやロブたちの方ですら。

完全にあさっての方を向いたそれに、しかし、レティシアの背に理由のない悪寒《おかん》が走った。

……ゆらりっ……

『アーメット』の脚《あし》と脚との間がゆらめいて見えた——と思った刹那《せつな》。

レティシアは、本能的に横に跳んでいた。

ほぼ同時に。

閃光《せんこう》の残像だけが、たった今までレティシアのいた空間に灼《や》きついた。

はるか後ろの壁《かべ》に穴が穿《うが》たれる。

レティシアは悟《さと》った。

『アーメット』は、脚と脚との間に生み出した強力な磁場《じば》で、下部砲座からのビームの軌道《きどう》をコントロールしているのだ、と。

一瞬《いっしゅん》そこがゆらめいて見えたのは、強力な磁場を『セイレーン』のセンサーがキャッチし、画像処理を施《ほどこ》したのだろう。

つまり、『アーメット』は、砲座をほとんど動かすことなく——言い換《か》えるなら予備動作なしで、こちらを狙うことが可能なのだ。

これでは、砲座の動きを見てよけることは不可能である。

——どうする!?

思ったその時。

「——くそっ！　俺《おれ》だって！」

ヤケクソ気味に叫《さけ》んで、いきなり駆《か》け出したのはマークだった。

その向から先は、メニィが落として転がしっぱなしにしておいた『ウィンディーネ』！

——無茶なっ！

内心悲鳴を上げるレティシア。マークにパワード・スーツを操った経験があるとは思えない。落下のショックで『ウィンディーネ』が壊《こわ》れていないとも限らない。それに——

懸念《けねん》した通り。

マークの動きに、『アーメット』の注意がそちらに向いたのが、気配でわかった。

今攻撃《こうげき》を受けたなら、間違《まちが》いなしにマークは死ぬ。

『——ちっ！』

ぎゅららららららららっ！

ほとんど効かぬとわかっていながら、レティシアは、ふたたびバルカンを『アーメット』に向かって一連射。脚の可動部を狙ってみせる。

降り来る銃弾《じゆうだん》の雨に、さすがに『アーメット』の注意がふたたびこちらへと向き——

マークが『ウィンディーネ』のもとにたどり着く！

開いたままのハッチから、中にするりとその身を——

「うわくそ狭《せま》くて入らねえッ！」

『はははははははは！』

つっかえてもがくマークに、『アーメット』のメイガンは思わず爆笑《ばくしょう》した。

『ずいぶん頼《たの》もしい連中だな！　これは心強い！』

そんな彼らについ今しがたまで、いいようにやられまくっていたことをすっかり忘れ去って言う。

『何やってるのよ！』

バルカン砲を投げ捨てた『セイレーン』がマークと『ウィンディーネ』の方に跳《と》び、その身を抱え上げるとさらに横に跳ぶ。

「……へ……？」

あとには、マークだけがとり残されて、間の抜けた声を漏《も》らした。

そう。レティシアが抱えて跳んだのは、マークではなく『ウィンディーネ』の機体。

着地と同時にその機体を――『アーメット』に向かって投げつける！

『――な……!?』

焦《あせ》りの声を上げ、半ば反射的に下部レーザーを乱射するが、とっさのことで狙いが定まらず、当たらない。

そのまま『ウィンディーネ』の機体は、がちゃりっ、と力なく『アーメット』の機体に引っかかる。

同時にレティシアは、『セイレーン』の腕《うで》に内蔵されているビームバルカンを一連射。

狙いは――いまだ稼働《かどう》中の『ウィンディーネ』動力部！

『アーメット』はいざ知らず、『ウィンディーネ』の方は、対ビームシールドは展開していない。あっさり動力部を射抜《いぬ》かれて——

ぐごぉぉぉぉぉぉぉんっ！

激しい爆発《ばくはつ》を引き起こす！

熱と衝撃波《しょうげきは》が『アーメット』の機体を激《はげ》しくゆさぶり——

しかし爆光がおさまったあと。

『アーメット』はいまだその場に佇《たたず》んでいた。

『思い切った手段を取るな！　しかし——』

メイガンのことばを遮《さえぎ》って。

だむっ！

衝撃とともに『セイレーン』の機体が、『アーメット』の上に着地した！

今の爆発で、センサー類が効かなくなった一瞬を狙い、接近、跳躍、着地したのだ。

——な……!?

機能回復したディスプレイに映った『セイレーン』を目にして、メイガンは、あることに気がついた。

その形状が少し変化しているのだ。

背中にあった、小さな翼《つばさ》のような四枚のフラップが、大きく伸《の》びて前の方へと折れ曲がり、まっすぐに『アーメット』の上甲板《じょうかんぱん》を指している。

——そう、まるで——

エネルギー砲の砲座のように。

——まさかっ⁉

メイガンが叫《さけ》ぶより早く。

『セイレーンの唄《ソング・オブ・セイレーン》』——機体エネルギーのほとんどを消費する光の奔流《ほんりゅう》は、バルカンの連射と『ウィンディーネ』の爆発で摩耗《まもう》した『アーメット』の装甲《そうこう》をぶち抜いていた。


「……まさかあんな武器が役に立つ時もあるなんて、ね」

今ので完全にエネルギーの尽《つ》きた『セイレーン』から抜《ぬ》け出して。

レティシアは、疲れた口調でつぶやいた。

床の上にくずおれて燃え上がる『アーメット』の機体を眺《なが》めながら。

この武器もまた、装備課の趣味《しゅみ》人《じん》の設計によるものだが、たまにはその酔狂《すいきょう》に感謝しても、バチは当たらないかもしれない、などと考えつつ。

「……装備はていねいに扱《あつか》うんじゃあなかったのか？」

そこにマークが声をかけてくる。

「時と場合によりけりよ。有効活用してこその『装備』なんだし。

……まあ、破損の責任はメニィに負わせるとして――」

さらりとヒドいことを言ってから、あたりを見回し、

「問題は、あの子がどこに行ったか、よね」

「しかも一人で、生身《なまみ》だよな……まさか、もう……」

さすがに心配そうに言うロブに、しかしレティシアはあっさりと、

「まあ、あの子はそう簡単に死んだりしないでしょうけど、道に迷いまくってたりはするかもしれないわね。

……動けば入れ違《ちが》いになるかもしれないけど、留まっていてもちゃんと帰って来るとは限らない……

かといって、分散するのは危険すぎる……

ちょっと困ったわね……」

「通信機とか持ってないのか？」

「持ってるわよ」

「じゃあそれで……」

マークの指摘《してき》に、レティシアは、袖口《そでぐち》に隠《かく》した通信機のスイッチを入れる。

しかしそこから聞こえてくるのは、ただ雑音のみ。

「ここは研究施設《しせつ》よ。電波なんかの影響《えいきょう》を受けやすい精密機器を護《まも》るため、そういうものを通

さない建築素材が使われることが多いのよ」

「じゃあ……どうするんだよ？」

「そうね……

とりあえず通路を探しましょう。ここにはあの子へのメッセージを残して、あたしたちは上へと向かう」

レティシアの提案を、納得《なっとく》しただけなのか、単に他の案が思い浮かばなかっただけなのか、男二人はうなずいた。

「──通路って言えば──」

マークは、『アーメット』を目で指して、

「あいつが出てきたところなんてどうだ？　結構におわないか？」

「──そうね」

うなずいて、レティシアはそちらに歩き出す。

『セイレーン』はその場に残したままで。

「なあ……こいつは置いてくのかよ？」

「エネルギーがもうないのよ。つまり単なる鉄の箱」

「……なるほど……」

その答えに納得して、ロブは、レティシアとマークにやや遅《おく》れてあとに続く。

一行は『アーメット』の傍《かたわ》らを過ぎて、背後の壁《かべ》に――

――ばぐんっ。

音がしたのは、その時だった。

一同がそちらに目をやると――

『アーメット』のハッチが開いている！

そして――

「おおおおおおおおおおおおおおッ！」

そこから飛び出たゴツい体格の男が一人、怒《いか》りの咆哮《ほうこう》を上げながら、こちらに向かって突《つ》っ込《こ》んで来た！

コックピットはかろうじて破壊《はかい》をまぬがれていたのだ。メイガンは一同の接近を待ち、見た目に一番与《くみ》し易《やす》そうな相手――レティシアに向かって襲《おそ》いかかった！

猛牛《もうぎゅう》の暴走すら想わせるその突進《とっしん》に、レティシアはしかし静かに向きなおり――

――!?

メイガンは、本能的な危機感を感じ、格闘《かくとう》の間合いに入るその直前、あわてて急制動をかける。

刹那《せつな》。

だだんっ！

一歩踏《ふ》み込んだレティシアの蹴《け》りが、メイガンの顎《あご》に入った！

のけぞり倒《たお》れるメイガン。しかし間髪《かんはつ》入れずに身を起こす。

技の入りが浅かったのだ。

メイガンが直前で制動をかけなければ、カウンターで入った一撃は、彼の顎を砕《くだ》いていただろう。

レティシアたちと距離を置いて対峙《たいじ》して、メイガンはようやく悟《さと》っていた。

たとえ女、たとえパワード・スーツを脱《ぬ》いだといえど、こいつこそが、三人の敵の中では最強なのだ、と。

メイガンは、まわりにざっと視線を走らせる。

油断なく、しかし余裕《よゆう》の色を見せるレティシア。

身構えるマーク。そして完全に腰《こし》の引けている――

――こいつだっ！

メイガンは迷わず、ロブに向かって突進した！

「……え!?」

ロブは驚《おどろ》き、立ちすくむ。今まで、これだけあからさまな敵意を向けられたことなどなかったのだ。

レティシアのカバーは、距離からしても間に合わない。

「銃《じゅう》を！」

レティシアの声に、ロブはようやく、自分が銃を渡されていたことに気がつくが——

遅い。

突進してきたメイガンに掴《つか》みかかられ、あっさり銃を奪《うば》われて——

「動くな！」

メイガンの一喝《いっかつ》が響く。

後ろから羽交《はが》い締《じ》めにされたロブの頬《ほお》に、銃口が押し当てられる。

……はああああぁぁぁ……

足を止め、レティシアは深い深いため息をついた。

「……普通こういう時、女子供が人質、っていうのが相場でしょ……みっともない状況《じょうきょう》作ってくれちゃって……」

「黙《だま》れ！」

「……そ……そんなこと言ってもよ……」

レティシアの言葉に、メイガンとロブ、二人が同時に声を上げた。

ロブは必死で抵抗《ていこう》するが、筋肉の量が圧倒的《あっとうてき》に違う。自分を縛《いまし》める片腕《かたうで》さえも、ふりほどくのは難しそうだった。

メイガンは、レティシアをにらみつけ、

「……いいようにやってくれたな……たっぷり時間をかけてなぶり殺しに……と言いたいところだが、どうやらお前は、遊んでいられる相手じゃあなさそうだ。いいか。この男の命が惜《お》しいなら、動くんじゃないぞ——」

言うと銃口をレティシアに向け、引き金を絞《しぼ》る！

迷わず横に跳《と》び、かわすレティシア！

ふたたび着地した時、彼女の手には、いつの間にか、一丁の銃が握《にぎ》られていた。

「動くなと言っただろうが！」

それを見てメイガンは、ロブの体を盾《たて》に取り、ふたたびその頬《ほお》に銃口を押しつける。

「銃を捨てろ！　でないとこいつを殺す！」

「……く……くそっ」

銃をつきつけられたままロブが叫《さけ》ぶ。

ちょっぴり涙声で。

「このままじゃあ男が廃《すた》る！　おれのことはどうだっていい！　かまわない！　撃《う》ってくれ！」

「わかったわ」

即答《そくとう》し、レティシアは銃をかまえ——

「ま！　待て今のは……！」
ロブの言葉も待たずに、レティシアは引き金を絞った。
ぱんっ！
チープな音とともにロブがのけぞり、そのままぐったり力を失う。
一撃は、まともに彼の額を直撃していた。
『──な……!?』
驚愕《きょうがく》の声を上げるマークとメイガン。
起こったことが信じられず、メイガンは、腕の中で動かなくなった男を呆然《ぼうぜん》と眺《なが》め──
ぱんっ！
二発目の弾丸は、そのメイガンの額にヒットしていた。
音を立て、男二人の体が地面に転がった。
──しばしの沈黙《ちんもく》。
「……あ……」
かすれた声で何か言いかけ、マークは足を踏み出した。
怒りに肩をふるわせて。レティシアの方に向かって。
レティシアは静かに振り向き──
ぱんっ！

三発目を、マークの足もとに放つ！

「……な……⁉」

顔色を失くして足を止めるマーク。爪先《つまさき》の床《ゆか》には弾痕《だんこん》が――

――ない。

「ゴムの弾丸《たま》よ。二人は気絶してるだけ」

銃を髪《かみ》の中に隠《かく》しながら、レティシアは言った。

――ひょっとしたら、頭蓋骨《ずがいこつ》にヒビとか入ってるかもしれないけど……

心の中でそっとつけ加える。黙っていればわからないことである。……たぶん。

気がついても暴れ出さないよう、『ウィンディーネ』の残骸《ざんがい》の中から拾ったワイヤーで、メイガンをぐるぐる巻きに縛《しば》っていると――

「ただいまー♪　レティ」

壁の一方にある小さなドアが開くと同時に、陽気な声があたりに響いた。

やって来たのは言うまでもない。無事コラードを捕《つか》まえて、意気揚々《ようよう》と凱旋《がいせん》してきたメニィである。

「ちゃんとつかまえてきたよー♪」

「……そう、よくやったわね……」

正直、全然期待しておらず、勝手に動き回ったことを叱《しか》りつけようと思っていたレティシアは、やや拍子抜《ひょうしぬ》けしたような表情でそう言った。

「わーい♡　ね、帰ったらおトーフ食べていい？」

「……いや……そんなのいくら食べてもかまわないけど……」

レティシアは、はしゃぐメニィはとりあえず置いておくことにして、そばに佇《たたず》むコラードに視線を向けて、

「――さて、コラード所長。

ここはどうやら兵器の開発施設《しせつ》とか」

「……ほう……彼が話したのかね？」

言われてコラードは、気絶したままふん縛られたメイガンに視線を送る。

レティシアは問いを無視して、

「施設の中枢部《ちゅうすうぶ》まで、ご案内していただけますね」

「――ふむ。まあ、かまわんが」

「――マーク、ここにロブを残しておくわけにはいかないわ」

「……わかった。オレがかついでく」

マークが、わりと軽々と、ロブを背負ったのを確かめてから、レティシアはコラードに視線を移す。

「――ふむ。では行こうか」

目で促《うなが》され、コラードはくるりと背を向け、メニィもきびすを返し――

「――メニィ！」

レティシアの口から、悲鳴に近い声が漏《も》れた。

少女の背にできたカギ裂《ざ》きを目にして。

「どうしたの⁉　この背中⁉」

「え？　背中？」

身をよじって見ようとするが、当然よく見えるものではない。

「ケガしてるじゃない？　血が出てるわよ！」

レティシアはメニィを押さえて、背中の傷を調べてみる。

「血？　あ。痛いと思ってた」

「『思ってた』じゃないわよ！　……まあ……浅い傷だし、もう血も止まってるけど」

レティシアは、コラードをにらみつけ、

「……この子に何をしたの？」

しかしコラードは、その視線を真っ向から受け止めて、

「それはこちらの科白《せりふ》だよ。きみは知っているのかね？　その子のこ、こ、こ、ことを？」

「――」

視線と視線がぶつかって――

先に目をそらしたのはレティシアの方だった。

「……知ってるわ……」

「……なるほど。

傷に関しては、あとで彼女から聞きたまえ」

「……なあ……話がよく見えねえんだが……」

マークに問われ、レティシアは小さく息を吐《つ》き、

「──まあ、あたしにも責任はある、ということよ。

とりあえず今は──

案内してもらうわよ。中枢部に」

「──わかったよ」

言って小さく肩《かた》をすくめ、歩きだすコラード。

そのあとに、レティシア、ロブを背負ったマーク、そしてメニィの順に続く。

通路を抜け、エレベーターを乗り継《つ》ぎ──途中《とちゅう》でマークがさすがにへたばって、仕方なくロブをたたき起こしたりもしたが、途中で敵に出会うこともなく、一行は進み続けた。

「──あそこだよ」

それまで無言で進んでいたコラードが言ったのは、一同が、虚空《こくう》に架《か》かった細い橋《ブリッジ》に足を踏み入れた時だった。

奇妙《きみよう》な空間だった。

壁《かべ》がゆるくカーブしている。この空間自体が巨大《きょだい》な円筒形《えんとうけい》をしているのだ。

天井《てんじょう》も、床も見えない。ただひたすら壁だけが、闇《やみ》の中を上下に延びている。

その空間の中に、ひとまわり小さな円筒形の建物がある。

ブリッジは、その壁と建物とのすき間、十メートルほどを繋《つな》いでいた。

コラードは建物にたどり着くと、閉ざされたドアの横にあるパネルをあれこれ操作して、指《し》紋《もん》照合の作業をし――

「――ああ。そうそう」

開いたドアの前でふり返り、思い出したように言う。

「逃げた方がいいよ。きみたち」

言うなり――

どぐっ！

くり出したコラードの蹴《け》りが、レティシアの体を吹《ふ》っ飛ばした！

『うあっ⁉』

レティシアは、後ろにいたマークにぶつかって、二人はその場にひっくり返る。

「右手の五番エレベーターで地上直通だからね。では、ごきげんよう」

あわてて身を起こしたレティシアの前で、手を振《ふ》るコラードの姿は、閉じゆくドアの向こう

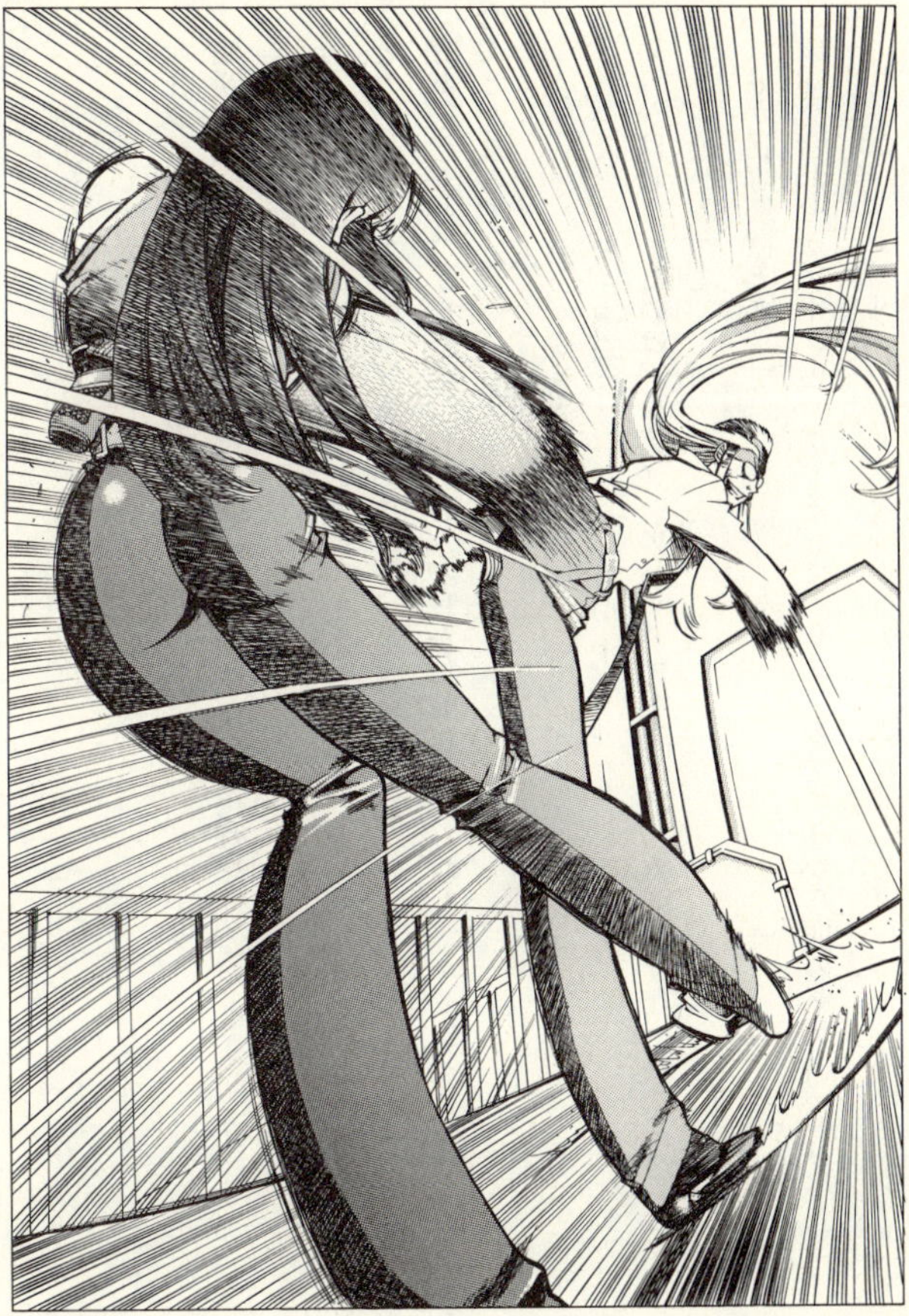

に消えた。

「……油断したか。あんたらしくもねぇ」

「……そういうわけでもないんだけどね」

マークの言葉にふり向きもせず、レティシアは言った。

油断したつもりはなかった。攻撃《こうげき》に対応できなかったのだ。

早い話——強かったのだ。コラードが。

考えてみれば、研究者が武術の使い手であってはいけない、などという法はない。

とりあえずレティシアは扉《とびら》にとりつき、開放を試みる。

指紋照合がやっかいだが、しょせんそれを制御《せいぎょ》しているのもプログラム。少々時間があれば

なんとかなる。

——が。

……ゴ……ゴゴゴゴゴ……

揺《ゆ》れがはじまったのは、レティシアが、ドアを調べはじめてほどなくのことだった。

「……地震《じしん》か？」

「まさか自爆《じばく》装置とか？」

顔を見合わせるマークとロブ。そして、レティシアの顔から血の気が引いた。

「——退避《たいひ》よ！　急いで！」

ごごごごごごごごごごごごごごご！

光の尾《お》を曳《ひ》き、飛び立つそれを、一同は、破壊《はかい》されたアジトから、かなり離れた森の中から見送っていた。

「……な……何だ？　ありぁあ……」

「……見かけは……その……」

ロブのつぶやきにマークは言いかけ、そこで思わず言葉を切った。

あまりのアホらしさに。

「……そう……宇宙船《スターシップ》よ……」

そのアホらしい結論を、レティシアはげんなりとした口調で告げた。

「……施設の中枢部分が丸ごと、惑星《わくせい》上からの発進が可能な宇宙船になってたのよ……中庭がヤケに広かったのが……発進口になってたわけね……発進時の噴射炎《ふんしゃえん》で施設の残った部分は焼け落ちて、機密保持にもなる……」

所員たちには、レティシアたちの知らない間に退避命令が出されていたのか、それとも残った者たちは見捨てられたのか――どちらなのかはわからないが。

「合理的と言えば合理的かもしれないけど……バカバカしいと言えば、これほどバカバカしいモノもないわね……」

あの所長の考えでしょうけど、これだから科学畑のシュミ人って奴《やつ》は……」

「見逃すのか？」

マークに問われて、レティシアは宇宙船《ふね》を目で追いながら、

「……今から『ワイヴァーン』に乗って大気圏離脱《たいきけんりだつ》。待機中の母船《こっちのふね》とランデヴーしてドッキング。……間に合わないわね」

「そんなあっさりと――」

「まあ、いずれにしても」

レティシアは、視線を空から、マークとロブの二人に移し、

「シェリフスターズ、チーム・シューティングスター。

これにて、惑星ファーサイド上の、組織施設壊滅《かいめつ》の任務、無事、終了《しゆうりよう》しました」

マークは、レティシアに、警察式の敬礼を送り、

「……結局役に立たなかったな……俺《おれ》たち」

「というより、足引っ張ってただけのよーな気もするよな」

自嘲《じちよう》気味に言うマークとロブに、レティシアは小さな笑みを浮かべ、

「あなたたちが本当に役に立たなきゃあならないのはこれからよ。

あなたたち自身の住む、この惑星《ほし》のために――ね」

——その傍《かたわ》らではメニィだけが一人、空ゆく船の残した軌跡《きせき》を、いつまでも、ぽーっと眺《なが》めていたのだった。

——結局——

ラガイン・コネクションと、領土問題を起こしていた二国との繋《つな》がりは不明なままだった。

ただ、この事件からほどなく、領土問題が嘘《うそ》のようにあっさり解決したことだけは事実である。

作戦名《コードネーム》『法無き大地に《ナッシング・ランド》』：終了

トラブルシューター
シェリフスターズSS

ワーク・オーバー・タイム

1

煌《きら》めく光を無数に散らした漆黒《しっこく》の闇《やみ》——

——宇宙。

その闇に溶《と》け込《こ》むように、虚空《こくう》を漂《ただよ》う影《かげ》ひとつ。

隠蔽《ステルス》システムにその身を隠《かく》し、音もなく獲物《えもの》に近づいて——相手がそれと気づいた時には、その首すじに牙《きば》をつきつけている——

そうなれば、あとはただ、略奪《りゃくだつ》あるのみ。

人々は彼らをこう呼ぶ。畏怖《いふ》と嫌悪《けんお》の念を込めて。

——宇宙海賊《スペース・パイレーツ》——と。

人が光の速度を超《こ》えて、本格的な宇宙進出を開始してからおよそ百年。

開拓《かいたく》は、希望とともに無秩序《むちつじょ》を生み、宇宙には、いくつもの犯罪組織や、宇宙海賊たちが解き放たれることとなった。

そして今。

そんな宇宙海賊の一隻《せき》が、ひとつの獲物を見つけていた。

ゆるゆると慣性航行を続ける大型艦《かん》。

「全長五八〇メートル！　見ねぇ型ですが……反応からして、輸送船か補給船てところです！」

宇宙海賊船『バイオネット』の艦橋《ブリッジ》で。

航法士の報告に、まん中で仁王《にお》立ちになったままの男は、にまりっ、と太い笑みを浮かべた。

「……馬鹿《ばか》が。こんなところをうろうろしやがって。不用心にもほどがある、ってもんだ。

そういうことをやってると、一体どういう目にあうか……

たっぷりと教えてやる！

全速前進！　全砲門《ほうもん》開け！」

ごっ！

エンジンが白光を生み、闇が動いた。

海賊船《パイレーツ・シップ》は目標——白とブルーにカラーリングされた大型艦に向かって全速移動を開始する！

「主砲撃《う》てぃっ！」

船長——というよりも、『ボス』とか『親分』とか呼んだ方がよさそうな男の指示で、海賊船から光の矢が解き放たれる！

これはあくまでも威嚇射撃《いかくしゃげき》。砲撃は、目標から外れた虚空を貫《つらぬ》いた。

「通信入れてやれ！　いつものだ！」

「へいっ！」

航法士――というかごろつきその一は、応《こた》えて通信を送る。

すなわちいつもの決まり文句――『停船せよ、さもなくば撃破《げきは》する』

オリジナリティのカケラもないが、略奪行為《りゃくだつこうい》の宣言に、独創性など必要ない。

目標はあわてふためき、急停止するか、あるいは逆にエンジンを吹《ふ》かして逃げ出そうとするか――

しかし。

今回のエモノは、そのどちらでもなかった。

変わらぬ慣性航行で、悠々《ゆうゆう》と進んでいる。

「……おい！　ちゃんと通信送ったか⁉」

しばし待っても、エモノの態度が変わらぬことにイラついて、ボス――もとい、船長が叱責《しっせき》を送る。

「も……もちろんちゃんと……」

「――なんだこりゃ⁉」

返事をさえぎり、別の一人が声を上げた。

「どうした？」

「エ……エモノがっ……！

こ……これをっ！」

どもりつつ、男はメインスクリーンの一部を切り替《か》え、『エモノ』の姿を映し出す。

輸送船特有の、ややずんぐりとした感のあるそのシルエットが——

変形しつつある。

「——な——」

船長は、思わず声を上げていた。

画面の中で、船体の各部が、あるいはスライドし、あるいはまた展開し——

海賊《かいぞく》たちの見守る中。

それは、翼《つばさ》ある巨竜《きょりゅう》のようなシルエットへと変化した！

「……な……」

沈黙《ちんもく》に満ちたブリッジに、誰《だれ》かのつぶやきが漏《も》れた。

「……なんだ……？　ありゃあ……？」

「——罠《わな》だッ！」

顔色を失くし、船長が叫《さけ》ぶ。

「軍か警察か……

ともかく、輸送船にカムフラージュして、おれたちが罠にかかるのを張ってやがったんだ！」

「そんなっ⁉」

ブリッジが動揺《どうよう》に包まれる。

海賊船は艦首《かんしゅ》をひるがえし、エンジンが焼けつくほどの加速を開始した。

「逃げろ！　全速でだ！」

「ほほほほほほほほ！」

ディスプレイに映った、逃げ去ってゆく海賊船の後ろ姿を眺《なが》めつつ。

ブリッジ中央に仁王《におう》立ちになって、彼女は勝利の笑いを上げていた。

言うまでもなく、ドラゴン・タイプへと変形した船のブリッジである。

「逃げてく逃げてく！

お・バ・カ・な・海賊が♪

あー気持ちいぃ♡」

「……姐《あね》さん……こーいう悪趣味《あくしゅみ》なことはやめた方がいぃような気が……」

「こらそこっ！」

横からぼそりとつぶやいた細身のブリッジクルーを、彼女は、なぜか手にしたポインターで、
びしぃっ！　と指して、

「『姐さん』じゃなくて、名前で呼びなさい、って言ったでしょっ！」

言ってもう片方の手で、ふぁさりっ、と、金色の長い髪《かみ》をかき上げる。

「……名前って……けどどうせ本名じゃないんでしょう……？　クイーン、なんて」

「過去《むかし》の名前は捨てたのよ」

クイーンと呼ばれた彼女は、いけしゃあしゃあと言い放つ。

としの頃《ころ》なら二十と少し。長い金髪《ブロンド》の美人である。

でもって緋色《ひいろ》のジャケットに白いスラックス。手にはシルクの白手袋《てぶくろ》で、ポインターを振り振り『クイーンと呼べ』などと言うのだから、ある意味、まんまと言うか、総攻撃みたいな人物ではある。

「……まあなんでもいいですけど……

あんまり遊んでると、待ち合わせに遅《おく》れますぜ」

「気にしちゃあだめよ部下その一」

「スティッキーです。姐さん」

「だから『姐さん』はやめなさいって言ってるでしょっ！

……とにかく。

待ち合わせなんて、相手の方を少し待たせるくらいがちょうどいいのよ。

それがイイ女の条件、というものよっ！」

「我々は『いい女』ではなく装備課の人間です。クイーン」

別のブリッジクルー——やたらがっしりとした大男が、こわもての外見に似合わず、きっちりした口調でまともなことを言う。

「カタいこと言わないの。部下その二」

「トゥーラです」

クイーンは、言われて小さく肩《かた》をすくめ、

「……はいはい……

わかった。わかったわよ。急げばいいんでしょ。

……けどその『装備課』という呼び方もどうにかしたいわね。

どうにも地味というか、垢抜《あかぬ》けないし……

何かいい呼び方はないものかしら……」

つまらないことで思い悩《なや》むのに、部下その一——もとい。スティッキーが、冗談《じょうだん》めかして、

「『姐《あね》ゴとゆかいな仲間たち』とか？」

「それよっ！」

「えぇぇえええぇッ⁉」

冗談で言ったのを、ポインターで指されて力いっぱい同意され、思わず声を上げる彼。

「『クイーンとユカイな仲間たち』！

悪くないわね！

私の名前が引き立つ上に、ユーモアもほどよく効いている！

それで決まりね！

ほめてあげるわよ部下その一」

「…………」

「──スティッキー」

横からトゥーラが、ぼそりと言う。

「いいからもう何もしゃべるな。お前」

「……すまん俺《おれ》が全面的に悪かった……」

こっそり涙するスティッキーは無視し、クイーンは意気揚々《ようよう》と、

「なら、新しい呼び名も決まったところで！」

手にしたポインターで、メインパネルに映し出された宇宙をぴしむっ！　と指して、宣言した。

「『ヴァルキリー』スピード・アップ！

急ぐわよ！

『シューティングスター』との合流ポイントへ！」

──無限にひろがる大宇宙──

広いだけに、中にはいろんな人間がいる。

濃《こ》い口《くち》しょうゆと薄口《うすくち》しょうゆ、みりんとだしの素をくわえてほんのひと煮立《にた》ち。

さましてから、すりたての大根おろしをたっぷり載《の》せた、新鮮《しんせん》なトーフにかける。

それをスプーンで、はふりっ、とひと口。

「……はふぅ……♡」

ムゲンにひろがるダイウチュウ、ってか・ん・じ……♡」

「またわけのわからないことを」

トーフを食べて恍惚《こうこつ》のため息を漏《も》らすメニィに、レティシアは、ひややかな視線を送った。

宇宙船《スターシップ》『シューティングスター』、そのリビング・ルームである。

しばらく前にこなした仕事で、装備の一部を失って、その補給を受けるべく、現在宇宙を航行中。

このままあと二時間も慣性航行を続ければ、相手——装備課の宇宙船『ヴァルキリー』とのランデヴー・ポイントに到達《とうたつ》する。

はっきり言って——

それまで、とことんヒマだった。

至福の表情でトーフを食べるメニィを眺《なが》めつつ、レティシアは冷《さ》めた口調で、

「どうしてそんな味のないものが好きなのか、理解に苦しむわね」

「味あるもん、おいしいもん」

「……けど一番理解できないのは、なんであんたが、そんな料理法……というか、味付け方を知っているのか、よね」

「レティ、前に言ってたじゃない。『オトメにはヒミツがいっぱいある』って」

「だから、レモンティーみたいな呼び方はしないで。

……あんたは『乙女《おとめ》』なんて立派なもんじゃあないでしょうが……」

「ふーん」

聞き流し、トーフをまたまたはくりっ、とひと口。

……はぁぁぁぁぁぁぁぁぁ……

と、恍惚のため息を漏らす。

その横で。

……ふぅぅぅぅぅぅぅ……

憂鬱《ゆううつ》のため息をつくレティシア。

彼女はひたすらヒマだった。

「姐《あね》さん！　四時方向に船影《せんえい》出現！

接近してきます！」

『ヴァルキリー』のブリッジに、スティッキーの声が響《ひび》いたのは、それから一時間ほど経った頃《ころ》のことだった。

「だから『姐《あね》さん』はやめろって言ってるでしょっ！

……出現……ということは……」

問われてスティッキーはうなずいて、

「ステルス機能で隠《かく》れてやがったんです！」

「つまりは海賊《かいぞく》ね！　なんか多いわねこのあたり！」

「うれしそうに言わねえでくださいっ！

たぶんそうです！

船の型が違《ちが》うんで、さっきのとは別口ですけどねっ！」

「通信入りました」

ぼそりっ、と、ブリッジクルーのもう一人、トゥーラが言う。

「『停船せよ。さもなくば攻撃する』」

「ふっ……月並みな脅《おど》し文句ね！」

クイーンはそれを鼻で笑って、命令を下す。

「『ヴァルキリー』変形《トランスフォーム》っ！」

海賊船《パイレーツ・シップ》の『ブラックシャーク』のブリッジは、どよめきに包まれた。

当然である。

たった今まで、無害なエモノだと思っていた大型船が、ディスプレイの中で見る見る変形を遂《と》げ、巨竜《きょりゅう》の姿に変わったのだ。

「……な……なんだこいつぁ……⁉」

船長――『赤毛のバニングス』は、部下たちに聞こえぬ、小さな声でつぶやいた。

「こ……こいつぁ罠《わな》ですぜ！　ボス！」

部下のひとりが、恐怖《きょうふ》をおさえた声で言う。

そんなことはわかっている。

このあたりは、ひと昔前までは、海賊にとっては天国みたいな場所だった。

どこかの軍や警察の管轄《かんかつ》になっているわけでもない。なおかつ宇宙船の航路。

つまりやりたい放題だったのだ。

しかしあまりにもやりたい放題をしすぎたために、たいていの船は航路変更《へんこう》をし、今ではこのあたりを通る宇宙船《ふね》など、海賊船以外ほとんどいない。

……むろんたまには、そのことを知らず、のこのこ通って来る宇宙船もいるにはいるのだが。

目の前にいるのも、そんな間抜《まぬ》けの一隻《せき》だろうとタカをくっていたのだが、威嚇砲撃《いかくほうげき》にも、警告通信にも、何の動揺《どうよう》さえ見せず、巨竜の形へと変化してみせた。

これが罠でなくて何だというのか。

だが。

そんな罠にあっさりかかった自分が情けない。こうなったら、せめて相手にひと泡《あわ》でも吹かせてやらねば、部下たちに対する面目《めんぼく》が立たない。

プライドと呼ぶのもおこがましいような、チープなプライドにつき動かされ、バニングスは反射的に声を上げていた。

「ハッタリだ！　ひるむな！　主砲ぶっ放してやれ！」

激しい振動《しんどう》が『ヴァルキリー』を襲《おそ》う！

「撃《う》ってきやがった！

R1ウイングに被弾《ひだん》っ！」

スティッキーの報告に、クイーンは頭を抱えて絶叫《ぜっきょう》していた。

「うひゃぁぁぁぁあっ！　ハッタリ通用しなかったぁぁぁあっ！」

——シェリフスター・カンパニー、装備課所属、補給船『ヴァルキリー』。

ちなみに非武装。

『シューティングスター』のリビングに、非常コールが響いたのは、本日四つ目のトーフに手を出そうとするメニィを、さすがにレティシアが止めていた時のことだった。

「メニィ。ブリッジに行くわよ」

「う。

　でもおトーフ……」

「非常コールを無視する気？　そういう態度なら、この先ずっとトーフ抜きよ」

「……行くっ！」

　顔色まで変え、あわててメニィは立ち上がった。

　二人はブリッジに駆《か》け込むと、『非常』の内容を確認する。

『シューティングスター』自体には何の異常もなかったが――

「『ヴァルキリー』からの非常通信よ」

　レティシアは、表示された通信文を淡々《たんたん》と読み上げた。

「『海賊からかってたら襲《おそ》われちゃった。てへっ♪　助けてプリーズ。とりあえず通信モードアルファ2《ツー》で連絡《れんらく》お願い♡　あなたの心の友、クイーンとユカイな仲間たちより』」

　読み上げて、しばし沈黙《ちんもく》した後に、視線をメニィの方に向け、

「……あたし個人としては、果てしなく無視したいような気がするんだけど、どう思う」

真顔で聞かれて、メニィは困った顔で、

「えー……でも、クイーンと会えないと、おトーフの補給もできないんでしょ。困る」

「……ふむ……」

言われてレティシアはむずかしい顔で、

「……ここでメニィが同意してくれたら、通信無視した責任転嫁《てんか》ができたのに……少し残念ね」

「テンカ？」

「なんでもないわ。気にしないで。

スピード・アップして合流地点に急ぐわよ。

それと一応、連絡も入れておきましょう」

「ほほほほほ！　見てなさい海賊たち！

せいぜいおどろくがいいわっ！」

「姐《あね》さん、捨てゼリフなんて残してる場合じゃありませんってば！　とっとと退避《たいひ》しますぜ！」

「『姐さん』じゃなくって！　わかってるわよ部下その一！」

ブリッジで高笑いを上げていたクイーンは、ハードカバー本ほどのサイズのハンディ・パソコン小脇《こわき》に抱《かか》え、スティッキーに続いて、隠し通路の中へともぐり混む。

……………隠し通路………………

一応念のため断っておくが、通常の宇宙船には、そんなものなどついてはいない。

クイーンが、この宇宙船《ふね》の運用を全面的に任されているのをいいことに、自分のシュミで設置したのだ。

むろん会社の経費で。

『ヴァルキリー』の変形機構も、そんな彼女のシュミの一つだった。

「全スタッフに通告！　全員、C-Tブロックに集結、隔壁《かくへき》を完全封鎖《ふうさ》して、この私の指示あるまで待機！」

ハンディ・パソコンのマイクに向かい、クイーンは声を上げる。

これで今のは、艦内《かんない》全域に放送されたはずだった。

この宇宙船《ふね》には、彼ら三人以外にも、多くの乗組員たちがいる。まあ、補給船である以上、当然と言えば当然なのだが。

C-Tブロックは、ドラゴン形態に変形したとき、シッポに当たる部分である。

ほかに運用のしようがなかったので、とりあえず脱出艇《だっしゅってい》の機能をつけてみたのだが、なんだかそれが役に立ちそうな気配である。

——この『ヴァルキリー』は、変形、という変な機構をくっつけたせいで、さまざまな区画《ブロック》が完全に分離している、という特殊《とくしゅ》な構造になっていた。

　このあたりをうまく利用すれば、しばらくは、海賊たちを煙《けむ》に巻くのも可能だろう。

「……『シューティングスター』が来るまで、あと一時間……ほどでしたっけ⁉」

　狭《せま》い通路を行きながら、先をゆくスティッキーが問いかける。

「それは合流予定時間よ！　海賊たちや、レティシアがどう動くかで変動するわ！」

　言ってから、クイーンは苦い表情で、

「……できればなるべく、レティシアの手は借りたくないところだけど……考えてみたら、弾薬《だんやく》とかは山ほどあるんだし、自力でなんとかできないかしら……」

「砲弾《ほうだん》がいくらあっても砲座がなければ、それはただの補給物資です」

　クイーンの後ろ、しんがりをつとめるトゥーラが、沈着《ちんちゃく》に事実を指摘《してき》する。

「それはそうだけど……

　何か使えないかしら。

　この前シャレで作ってみたら実際に完成しちゃって、ぜんぜんシャレにならない威力《いりょく》だったＭＢＨ《マイクロブラックホール》機雷《きらい》とかは……使うとこっちまでどうにかなる可能性が高いし……反物質魚雷は開発途中《とちゅう》で部下その一に泣いて止められたから未完成だし……」

　よくわからないが物騒《ぶっそう》なことを、ぶつぶつつぶやいていたその時。

ツーッツーッツーッ。

クイーンが手にしたパソコンが、小さなコール音を響《ひび》かせたのは、その時だった。

「――はい」

足を止め、通信モードに切り替《か》える。

液晶《えきしょう》パネルに映し出されたのは、黒い髪《かみ》にひと房《ふさ》のブロンド。無愛想きわまるレティシアの顔だった。

『通信は受け取ったわ』

いたって落ち着き払った口調で言う彼女。

「ハイ。レティシア。元気？」

軽い口調で言うクイーン。双方ともに緊迫感は全くない。

『……通信に雑音《ノイズ》が入ってるわね』

「気にしないで。たぶん海賊たちの妨害波《ECM》のせいよ。

……ま、もっとも、あんな連中の使うECMなんて、この私の科学の力の前ではなんの意味もないけれどね！　ほほほほほほ！」

『……元気そうね。それじゃあ――』

「『それじゃあ』じゃないわよっ！

というわけで、そこはかとなく死ぬほどピンチなんで、さっさと助けに来てちょうだい」

『時間外手当は出るの？』

「…………………………はい？」

真顔で淡々《たんたん》と問いかけられ、思わず問い返すクイーン。

『時間外手当は出るの？』

レティシアは、同じ問いをくり返す。

「……こっ……！」

激昂《げっこう》し、横から何やら抗議《こうぎ》しかけたスティッキーを、クイーンは手で制し、

「わかったわ。私は会計じゃあないから確約はできないけれど、なんとか上に働きかけてみるわ」

――おそらくスティッキーは、『仲間の危機を見捨てるのか』とかなんとか言いたかったのだろうが、なにしろ相手はレティシアである。

何にしても時間外は時間外、とかなんとか理屈《りくつ》をつけられて、結局は同じ答えをさせられる羽目になる。

ならば途中のプロセスなど省いた方が合理的、というものだ。

少なくともクイーンはそう考える。

「こちらに来るまで、あとどれくらいかかりそう？」

『そちらがそのまま慣性航行を続けるならば約四十分後。停止させられたなら七十分、という

ピクッ
SHERIFF • STAR
POWER

ところね。

ところで、こっちからも質問があるんだけど』

「何？　海賊の戦力はわからないわよ」

『そうじゃなくて。

クイーン、あなたひょっとして、海賊たちをからかいたくて、わざと海賊出現率の高いこの合流地点を指定しなかった？』

「そうだけど」

悪びれもなく応《こた》えるクイーンのその横で、スティッキーが無言で頭を抱《かか》える。

「――って、レティシア！　今あなた、私のこと馬鹿《ばか》にしたわねっ！」

『馬鹿になんかしてないわ。

どうしてそう思ったの？』

「馬鹿にしたわよっ！

今あんたの右の眉毛《まゆげ》が、『ぴく』て動いたの見たんだから！　『ぴく』て！」

『誤解ね。

馬鹿にしたんじゃなくて、『ああ、やっぱり馬鹿だったんだ』って再確認しただけよ』

「うあ腹立つっ！

ともかく、急いで来てねっ！

敵の戦力がわからない以上、どれくらい保《も》たせられるか計算できないし！」

『そこは努力と気力でなんとかして。心頭滅却《しんとうめっきゃく》すれば火もまた涼《すず》し、よ』

「……何それ？」

『地球の古いことわざよ。お寺に火をかけられた僧侶《そうりょ》の言葉で、どんな事態も気の持ちようでなんとかなるものだ、っていう意味』

「……ふーん……」

生返事をしてから、クイーンはふと疑問を感じ、

「……で、どうなったの？　その僧侶」

『焼け死んだと思う』

「駄目《だめ》じゃないそれ！」

『言われてみればそんな気もするわね。とにかく、がんばって、ってことよ。

また連絡するわ』

言って、ふつりと通信は切れた。

『………………………』

暗い通路に、しばしの沈黙《ちんもく》が落ちた。

「……頼《たよ》りにしていいんですか」

沈黙を破り、問いかけるトゥーラに、クイーンは毅然《きぜん》と言い放った。

「私に聞かないで」


海賊船《パイレーツ・シップ》『ブラックシャーク』。

宇宙規模で調べたら、同じ名前の海賊船が、グロス単位で見つかりそうなほど月並みな名前ではあるが、その性能は、海賊船としては決して悪いものではなかった。

全長は一七〇M。一応のECM発生装置とステルス機能。エンジン回りに力を入れて、武装は巡洋艦《じゅんようかん》並みの主砲三門と、対空機銃《きじゅう》が合計八基。

——むろん軍の宇宙船とまともに戦ったりすれば、かなうわけもないのだが、海賊船というのは、大体そういうものである。

軍艦にも負けないような装備を揃《そろ》えられる資金があったなら、そもそも海賊などにはならず、どこかで遊んで暮らしている。

彼らにしてみれば、資金と装備は奪《うば》って手に入れるものなのだ。

——今日のエモノは大物だった。

いきなり無意味な変形をしてみたり、と、正体はかなり不明だが、それから抵抗《ていこう》らしい抵抗もみせず、慣性航行を続けている。

こちらからの呼びかけにも答えず、停止する様子もないが——ひょっとしたら、変形に注意を向けているスキに、乗組員たちは脱出《だっしゅつ》したのかもしれない。

まあいずれにしろ、彼らのやるべきことは決まっていた。

「スピード合わせろ！　ワイヤーハプーン発射！」

バニングス船長の命令で、『ブラックシャーク』が撃《う》ち出した、十数本の鋼《はがね》の銛《もり》は、『ヴァルキリー』の、ブリッジ近くの外装につき立ち、二隻《にせき》をワイヤーで繋《つな》いだ。

「ドッキングしても、勝手に乗り込むんじゃねえぞ！　オレが一番乗りだ！

テオの組はここで留守番してろ！」

言い捨てて、バニングスはブリッジをあとにし、ドッキング・ハッチへと向かう。

乗り込む準備は、せいぜいが、ヘルメットと武器を手に取ることくらい。

『シゴト』の時は、彼は常に、いつでも相手の宇宙船《ふね》に乗り込める装備に身を包んでいた。

黒いスペーススーツに、特注の、リベットの埋《う》まった黒い装甲服《アーマー・スーツ》。

ブーツと腰にはもちろんナイフとビームガン。

手にした武器は無反動タイプのショットガン。

たしかに見た目の威圧感《いあっかん》はあるが、オリジナリティはやはりない。

彼がドッキングスペースにたどり着いた時、すでにあたりには上陸メンバーが集まっていた。

「ドッキング作業終わってますぜ！」

一人が言うのに、鷹揚《おうよう》にうなずいて、

「乗り込むぞ！　手はずはいつもの通り！　おとなしくしている奴《やつ》はテープで縛《しば》り倒《たお》せ！　抵《てい》抗《こう》する奴はぶち殺していいが、やりすぎるなよ！」

『おうっ！』

バニングスのことばに応《こた》える一同。

やりすぎるな──というのは別に、親切心から出たセリフではない。『出会った奴は皆殺《みなごろ》し』などと派手なことをやっていては、どこかの軍に目をつけられて、しつこく狩《か》り立てられることになる。

そして、ヘルメットをかぶるバニングスの目の前で、ドッキング・チューブのハッチが開いた。

手に手に物騒《ぶっそう》な得物《えもの》を構え、どやどやと『ヴァルキリー』に踏《ふ》み込《こ》む海賊たち。その数ざっと二十人。

決して大兵力というわけではないが、たかだか輸送船を制圧するには、充分《じゅうぶん》な人数のはずだった。

『ザニーは半分連れてそっちに向かえ。オレたちはこっちに行く。いいか。何かあったら連絡入れろよ』

隊を二手に分け、バニングス自身は、その片方を引き連れて、ブリッジとおぼしき方に向かって進みはじめた。

まずはブリッジを制圧。船の機能を完全掌握《しょうあく》してから、おたからや乗組員たちをどうするか考える。海賊行為《かいぞくこうい》の基本である。

通路は輸送船にしては広く、三人ほどが並んで歩けるくらいの幅《はば》がある。

しばらく進むと右手に扉《とびら》。

銃《じゅう》を構えて扉を——

『……開きませんぜ』

開けようとしていた部下の一人が言う。

『ほほう』

バニングスは、にまりっ、と笑みを浮かべて、

『ということは』

奥には、おたからがあるか人がいる、ってわけだ。

——ぶち破れ』

すかさず別の部下がビームガンを構え、ドアノブに向かってトリガーを絞《しぼ》る！

ぎぎゅんっ！

ヘルメットを通してさえけたたましい音があたりに響《ひび》き、たった今までドアノブのあった場所には、黒い穴。

だんっ！

ドアを蹴《け》り開けたその先には――

数台の自動掃除《そうじ》ロボット。

『…………………』

『…………………』

白い空気がしばし流れて――

『コケにしやがって！』

外れた読みをごまかして、バニングスは声をはり上げた。

『次行くぞ！』

次に見つけたドアは――開くまでもなく、何かわかった。

男性用トイレ。

『……念のためだ。一応見とけ。おたから……は、ねえだろうが、誰《だれ》か隠《かく》れてるかもしれねえ』

言われて部下が手を伸《の》ばし――

『開きません』

『ここもかぁぁっ！　ぶち破れっ！』

入った中は、当たり前だがごくごく普通の男性用トイレ。

しかし――

『ボス！　誰もいそうにありませんが……個室のカギが全部閉まってます！』

『なにぃぃぃぃぃぃっ!?』

ここに至って。

バニングスはようやく気づいていた。

艦内《かんない》のドアというドアが、その重要度にかかわらず、見境なしにロックされている、ということに。

「ほほほほほほほ！　うろたえてるわうろたえてるわ！　予想通りの反応ねっ！」

液晶《えきしょう》パネルに映し出された、通路の上の赤い点――海賊たちの動きをきっちり追いながら、クイーンは勝ち誇《ほこ》った笑い声を上げた。

――明りもとぼしい、くそ狭《せま》い隠し通路に身をひそめ。

「……姐《あね》さん！　高笑い上げないでくださいよっ！　音が響《ひび》くんですからっ！」

抗議《こうぎ》の声を上げるスティッキー。

音でこちらの存在が、海賊たちに気づかれるおそれがある――という意味ではない。ただ単にやかましかったのだ。

三人は今、レティシアからの通信を受けた場所より、ほんの少し奥《おく》に行った位置にいた。

本当ならば、ほかの乗組員たちと合流し、最後部に立てこもり、『シューティングスター』

が来るのを待つ、というのが理想である。

しかし、船の各部に散らばった乗員たちが集結する前に、乗り込んできた海賊たちに追いつかれる可能性もあった。

そこでクイーンと部下二名は、彼女が隠し通路内にシュミでつくっていた、船の制御端末《せいぎょたんまつ》に、ハンディ・パソコンを接続し、海賊たちへの時間かせぎを開始したのだ。

「けど姐《あね》さん、連中もうすぐブリッジにたどり着いちまいますよ。さすがにあそこを占拠《せんきょ》されちゃあマズいんじゃないですか？」

横から画面を覗《のぞ》き込み、言うスティッキーに、今回は『姐さんと呼ぶな』とツッコミ入れるのを忘れ、

「大丈夫よ。連中には何もできないわ。

なにしろ今、『ヴァルキリー』をコントロールしているのはこのコンピュータ！

つまりっ！

現在はこの場所こそが、いわば『ヴァルキリー』の真のブリッジなのよっ！」

「狭いブリッジっスね」

「職場環境の改善を求めたいところだな」

「やかましいわね部下一部下二！

とにかく……これからが本番よっ！」

『ダメです！　機能がみんな死んでます！』

ようやくブリッジにたどり着き。

コントロール・パネルを調べた部下たちがもたらした報告は、バニングスの怒《いか》りをさらにかき立てた。

『……ずいっぷんバカにしてくれるじゃねえか……』

だむっ！　と近くの壁《かべ》を殴《なぐ》りつける。

海賊たち一同が、ブリッジへとたどり着いた時、そこはすでにもぬけのカラだった。

とりあえず船を止めようと、部下にいろいろ調べさせてみたのだが、どうやらブリッジのコントロール機能が停止させられているらしく、何の操作も受け付けない。

『——ボス！』

あちこち調べていた部下の一人が声を上げた。

『なんだ⁉』

『その……これを……』

船長席《キャプテン・シート》とおぼしき場所の、コントロール・パネルの一角を指し、何やらあいまいな口ぶりで言う。

『だから、何だってんだ？』

声を荒《あ》らげて歩み寄り、部下の指さした先に目をやれば、すべての機能が停止した中、唯一《ゆいいつ》灯《とも》るパイロット・ランプ。

だが、そのパイロット・ランプに付随《ふずい》するスイッチは——

斜《なな》めの黒と黄色の枠《わく》に、アクリル・カバー。

その奥には赤いスイッチ一つ。

そばには手書きの女文字で——

『押さないでねプリーズ♡』

『…………………』

『…………………』

『……ど……どうしましょう、これ……？』

……いや……こんなもんオレに、『どうしましょう』とか聞かれても……

心の底からそう思ったりもするのだが、またまた彼のチープなプライドが、『わからない』と答えることを拒否《きよひ》した。

しばし沈黙《ちんもく》するそのうちに、部下は困った表情で、

『……やっぱり……自爆《じばく》装置とかなんでしょうかね……？』

同意しかけて、バニングスは、はた、とあることに気がついた。

『——いや！　違《ちが》うな！

考えてみろや。こいつぁタダの輸送船だ！　ンなもんに自爆装置なんてついてるはずねえだろ！』

——それを言うならタダの輸送船に、変形機構や、トイレの個室までロックする機能などついていないはず——などとその部下は思うのだが、イラついているバニングスに、いらぬツッコミを入れるつもりはなかった。

『そういうもんですか』

とりあえず、あいまいなあいづちを打っておく。

『そういうもんだ。見てみろ』

言ってバニングスは、無造作にアクリル・カバーを押し破り、そのスイッチを押し込んだ。

自分の正しさを証明するために。

『あ。』

思わず部下が声を上げる。

とたん。

ヴィーッヴィーッヴィーッヴィーッ！ヴィーッ！ヴィーッ！

けたたましい警告音とともに、いくつものREDランプが点灯する！

そして響く、女性の声。

『全員退去してください。自爆装置が作動しました』

『なにぃぃぃぃぃぃぃぃぃっ⁉』
驚愕《きょうがく》の声を上げる海賊たち。
声は淡々《たんたん》と先を続ける。
『カウントダウンを開始します。
……五』
『短ッ！』
誰《だれ》かが叫《さけ》ぶ。
『四』
全員が、ブリッジの出入り口に殺到《さっとう》した。
『三』
そして全員が入り口でつっかえる。
『二』
『どけどけ！』
『オレが先だ！』
『こーいう時は普通っ！』
『一』
『うわぁぁぁぁあああぁっ！』

『う・そ♡』
…………しーん……
『……はっはっはっ。絶対殺ス。』
額に青スジ浮かべつつ。バニングスは、心の底からつぶやいた。
「ほーほほほほほほほほほほほ！　引っかかった引っかかった引っかかった！
こ……これまたもののみごとに引っかかってくれたもんねっ！」
ブリッジの状況《じょうきょう》をモニターしつつ。
クイーンは、思いっきりウケていた。
聞こえたのは音声だけだが、海賊たちのあわてようは、ありありとまぶたに浮かぶ。
彼女はひとしきり笑ってから、
「……あー。おかし。
カメラだけは動かしといて正解だったわ。
あとで録画をじっくり見て、たっぷり笑わせてもらいましょ。
──って、ところでどうしたのよ。部下その一その二？」
両脇《りょうわき》でひっくり返っている部下たちに、きょとんっ、と目をやり、問いかける。

「……い……いきなり『自爆装置』とか言い出すから、ちょいと驚《おどろ》いたんですよ」

身を起こしつつ言うスティッキー。

「あら。本気にしたの？　あんなの？」

「クイーンなら本気でやる。私たちはそう信じていますから」

落ち着いた口調で——しかし額にびっしり汗《あせ》を浮かべて言うトゥーラ。

「あら、そう。ありがと」

「誉《ほ》めたわけではありません」

「心配することなんてないわよ。

あんなところに本物の自爆装置置いとくわけないいじゃない」

「……ははは……それもそうですね……

………………………って姉《あね》さんっ！

『本物の』ってことは、どっかに本物の自爆装置しかけてるんですかいっ⁉」

「だから、姐さん、って呼び方はやめて」

「いやそんなことよりっ！

どーなんですかっ⁉」

「……んーと……」

問いつめられ、クイーンはしばし考えて、

「……その前に聞くけど、あなた、自分のこと、ストレスには強い方だって思う?」

「……なんですかい? いきなり?」

「いや、ほんのちょっと——ストレスに弱いんだったら、答えない方が親切かしら、と思っただけよ」

「やっぱり仕掛《しか》けてるんですかぁぁぁぁっ!」

頭を抱《かか》えて絶叫《ぜっきょう》するスティッキー。

「それはヒ・ミ・ツ♡」

「バラしたでしょうが今そこはかとなく!」

「……まあ、そんな細かいことより、問題なのは海賊たちよ」

「細かくないですっ!」

「本気で職場環境の改善を求めたくなってきたな」

スティッキーとトゥーラ、二人のグチは、ただただ虚《むな》しく、薄暗《うすぐら》い通路の奥に吸い込まれるだけだった……。


『そっちの様子はどうだ!?』

通信機をオンにして、バニングスは、イラだった声で問いかけた。

ブリッジのコントロール・パネルにあった自爆装置(うそだけど)に、とりあえずの腹いせに、散々弾丸《たま》を叩《たた》き込んだあとのことである。

通信の相手は入り口で別れた別班のリーダー、ザニーである。

『それが……こっちはドアが片っ端《かたっぱし》からロックされてまして……全然進みませんや。今のところ、乗員も目ぼしいおたからも見当たりません』

返ってきたのは、やはり、あまりかんばしくない答えだった。

『そっちの首尾《しゅび》はどうですか？　ボス』

『……似たようなもんだ。また連絡する』

からかわれてる、などとは言えず、ことばを濁《にご》して通信を切る。

『……クソが……ナメやがって……』

『ボス！　いっそ戻《もど》って、砲撃《ほうげき》でぶち沈《しず》めちまいましょうぜ！　こんな船！』

さすがに今のはだいぶ頭に来たらしく、部下の一人が声を上げる。

だが――

『馬鹿野郎《ばかやろう》！　ここまでコケにされた以上、ただ沈めただけじゃあ腹の虫がおさまらねえだろうがっ！』

吠《ほ》えてバニングスは、ぼごんっ！　と、壁《かべ》を拳《こぶし》で叩く。

『………………………あ？』

眉《まゆ》をひそめてふたたび拳をふり上げ――

ぼごんっ。

なんだか妙な音がする。

そう。まるで――

「動き出した動き出した♪」

液晶《えきしょう》パネルの表示を眺《なが》め、クイーンは、やたらとうれしそうな口調で言った。

「海賊たちですかい？　こんどはどっちに向かってます？」

横からのぞき込み、問うスティッキー。

「…………………………」

クイーンは黙《もく》して語らない。

映し出された、海賊を示す赤い光点は、表示された正規の通路ではない場所に向かって進んでいる。

「……あれ……？　これ……？」

「……うん……」

ぎぎぃぃっ、とクイーンはふり向いて、こっくり大きくうなずいて、

「こっちに来てる。この通路、見つかっちゃった。てへっ♪」

「…………」

「…………………」

「……………」

「逃げろぉぉぉっ！」

「異議なしっ！」

「ひょっとしたら、職場環境以前の問題かもしれん」

口々に言いながら、三人は、通路の奥《おく》へと駆《か》け出したのだった——

2

『ボスっ！』

切迫《せっぱく》した声の通信が届いたのは、バニングス以下十名ほどの海賊たちが、狭《せま》い隠《かく》し通路を駆け抜《ぬ》けていた時のことだった。

母船に残した部下——テオからの連絡《れんらく》だった。

『なんだっ⁉ 今こっちはとりこんでるんだっ！』

怒《いか》りと、獲物《えもの》を前にした高揚《こうよう》の混じった声を上げるバニングスに、返ってきたのは戸惑《とまど》いの声。

『そ……そっちの船が……変形してますっ！』

『なに⁉』

声を上げ、後ろに続く部下たちともども立ち止まる。

駆けている時は気づかなかったが、たしかに、おかしな振動《しんどう》を感じる。

『どういうことだ⁉』

『わかりません！ 外から見た限りじゃあ、一部が変形してるとしか。

そっちはどうなんですかい⁉』

『こっちは、乗組員を追ってるところだ！　たぶんそいつらの仕業《しわざ》だ！

また連絡する！』

言ってひとまず通信を切る。

――てことは……連中がまだこの船のコントロールをおさえてる、ってわけだ。

つまり――

とっ捕《つか》まえれば、コントロールもこっちのものっ！

『相手は近くにいるはずだ！　行くぞっ！』

『おうっ！』

吠《ほ》えて一同は、どこまでも続く一本道を駆け出した。

息を殺してひそむそのそばを、足音が近づき――遠くなってゆく。

「ほーほほほほほ！

またまたあっさり引っかかったわね海賊さん♡

変形したのに気づいてさえいないのか、それとも、変形、っていうことの意味がわからないのか。

どっちにしても大笑いね！」

「どういうこってす姐《あね》さん？」

「クイーンよ。姐さんじゃなくて」

隣《となり》でやはりじっと潜《ひそ》んだままの、部下その一――スティッキーの言葉に、クイーンはツッコミ入れてから、

「その程度のこともわからないなんて、あなたもまだまだね。

船体を部分的に変形させて、隠し通路を、別の隠し通路とつなげたのよ。

見た目は一本道だから、きっとこのまま気づかずに、見当違《ちが》いの方に向かって、ひたすら進み続けるのよ！

想像しただけで笑えるでしょ？」

「いや、笑ってる場合じゃなくて。

単にやりすごせた、ってだけで、何の解決にもなってないじゃあありませんか」

「……つまんないことを言うわね……

部下その一、あなた、女の人から『つまらない男』とか言われない？」

「うっ⁉」

何やら心当たりがしばしあるらしく、傷ついた表情《かお》で小さく呻《うめ》いてから、

「……そ……そんなこと言ってる場合じゃなくて！

俺《おれ》らはこれでいいかもしれやせんがね。

後ろに避難《ひなん》した仲間たちもいるんですよ。

あっちが見つけられたら、ちょいとやっかいですぜ」

「……ん……それはそうね……」

眉《まゆ》をひそめてつぶやくと、クイーンは、ハンディ・パソコンに表示された時刻を見る。

「とにかく『シューティングスター』が来るまで、なんとか保《も》たせるしかないわね」

「前方に船影《せんえい》！」

航法士のダミ声が、『バイオネット』の艦橋《ブリッジ》に響《ひび》いた。

「どんな船《やつ》だ⁉」

船長――いや、ボスの問いかけに、航法士の指が目まぐるしくコントロール・パネルの上を躍《おど》り――

「一隻《せき》でさぁ！

反応からして……百から百五十メートルクラス！」

「……獲物《えもの》……ならいいんだがな……」

報告に、船長《ボス》は小さな声でつぶやいた。

宇宙海賊《スペース・パイレーツ》。

宇宙を旅する者からは忌《い》み嫌《きら》われる彼らではあるが、決して楽な商売ではない。

必死の反撃《はんげき》をしてくる相手も当然いるから、常に危険とは隣り合わせ。

へたにどこかの惑星《ほし》に近づけば、軍や警察に追いたてられる。

むろん、おいしい獲物に当たれば身入りも大きいが、外せばなかなかヒサンである。

以前、コンテナごと奪《うば》ったその中に、みっしり詰《つ》まった綿を発見した時なんぞ、乗組員全員ブルーになって、三日ほど誰《だれ》も口をきかなかった。

いや、ハズれた物資を引き当てるくらいならまだ救いはある。

最悪なのが、獲物と見誤って、カムフラージュした、他の海賊船やら軍の船などに攻撃をしかけた場合である。

すこし前にも、大型貨物船とみて攻撃をかけようとした相手が、目の前で、いきなり、ドラゴンの形に変形したのである。

まず間違《まちが》いなく、あれは、軍の新造戦艦《せんかん》か何かだったのだろう。

船長《ボス》はそう確信している。

さて問題なのは――

今現れた宇宙船が、どういった相手なのか、である。

もう少し近づかなければ、型などの詳《くわ》しいデータは得られない。

「とりあえずステルス・システム起動！

相手の様子を見るぞ！」

船長は結局、一番無難な命令を下した。

「レティ、なんか光ってる」

緊迫感《きんぱくかん》のカケラもないメニィの声が、『シューティングスター』のブリッジにのほほーんと流れた。

「わかってるわよ。レーダー反応がある、ってことね」

そっけない返事をして、レティシアは、自分の手元にあるコントロール・パネルを操作した。

むろんメニィも、艦船の操作はできるのだが、いかんせんその言動はお子さまランチ。任せておくと、レティシアとしては、やたら不安で仕方ない。

で、結局のところ、レティシアが、あれもこれも一人でやってしまうことになるのだが。

相手のくわしい情報《データ》を探ろうとしたそのとたん。

レーダー上から、すぅっ、と光点がかき消えた。

「あ。消えた」

「ステルスモードに入った……となると間違いなく海賊《かいぞく》ね」

レティシアの唇《くちびる》の端《はし》がわずかに歪《ゆが》む。

笑《え》みの形に。

「なら、手加減する必要はないわね。『シューティングスター』戦闘《せんとう》準備。

「各戦闘システム起動」

「わーい♡」

艦船操作するレティシア。隣で無意味にはしゃぐメニィ。

レティシアが一人で操作する以上、手順を声に出す必要はないような気もするのだが、そこはまあ、操船手順の慣例、という奴《やつ》である。

アクティブレーダーの発振《はっしん》周波数を変え、隠れたつもりでいる海賊船の姿を浮き上がらせる。

「ステルス・システム、オン。コーティング変移」

瞬間《しゅんかん》。

展開したステルスフィールドが『シューティングスター』を一瞬包み込む。

普通に出回っているステルス・システムではない。それよりはるかに強力なものである。

熱源、エネルギー、電波等々、各種センサーの目を完全にくらます特殊《とくしゅ》フィールド——なのだが、大きな欠点が一つだけ。

言うまでもない。

『シューティングスター』の各種センサーも効かなくなるのだ。

欠陥兵器《けっかんへいき》に近いが、しかしこれも使い方次第《しだい》。

相手のセンサー類からは、こちらが完全に消えたようにしか見えないだろう。

そして、センサーの目から隔絶《かくぜつ》された結界の中。

装甲《そうこう》に流れた電気刺激《しげき》に反応し、船体の表面が、白と青とのあざやかな色から、宇宙に溶《と》け込むツヤのない黒へと変化する。

「展開パターンBにて『ドッペルゲンガー』射出」

船体に格納されていた、直径一〇M程度、六基の球状ユニットが射出され、フィールドの結界をつき破り、虚空《こくう》へ躍《おど》り出た。


「……も……目標出現！　合計七隻！」

「はぁ!?」

泡《あわ》を食らった報告に、『バイオネット』の船長《ボス》は、間《ま》の抜《ぬ》けた声を上げていた。

目標は一隻のはずだった。

そもそも最初の報告ではそうだったのだ。

ところがほんの少し前——

その目標が、かき消えた。

たぶん向こうも海賊船。こちらの存在に気がついて、ステルス機能を働かせたのだろう。

彼はそう判断した。

しかしむろん、同業者だからといって安心はできない。腕《うで》と船とに自信があったり、しばらく獲物《えもの》にありついていない海賊が、共食いをすることなど珍《めずら》しくもない。

相手の位置をなんとか把握《はあく》しろ、と命令し、オペレーターは、必死でコントロール・パネルを操作して――

返ってきた答えがこれである。

「ンなバカな話があるかっ⁉

一隻だったんだろうが一隻！

なんでそれが増えるんだっ⁉」

「……け……けどセンサーは現に……

各反応からして、最初の奴《やつ》と同型です！

……まさか……⁉」

「まさか――何だ⁉」

「最初から罠《わな》だったんじゃあ⁉

一隻だけがのこのこ進んでて、残り六隻がステルスかけて……

おれたちがかかるのを待ってたとか⁉」

「……なるほど……そういうことかっ！

逃げるぞっ！

急速回頭エンジン全開っ！」

『おうっ！』

船長の後ろ向きな命令に、ブリッジクルー全員の声が、なぜか景気良くハモった。

「あ。逃げてく」

「逃げてくわね。あっさり」

レーダーに映った、遠ざかりつつある光点を目にしながら、メニィとレティシアの二人はつぶやいたのだ。

ダミーシステム『ドッペルゲンガー』。

展開した球状ユニットの発振する、各周波数の誤情報は、相手のセンサー上に、『シューティングスター』と全く同じ影《かげ》を生み出す。

見分ける方法は視覚認識しかないが、表面を黒く変移させた『シューティングスター』も、黒い球状ユニットも、宇宙空間では捉《とら》えることもむずかしい。

おまけにビーム砲《ほう》が一門と、移動用の小型エンジンもついており、その機動力は母船と同じに設定してある。

まさに多重存在《ドッペルゲンガー》を生み出す、攪乱用《かくらんよう》の兵器である。

「……主砲……撃《う》てなかったね」

なぜか残念そうに言うメニィに、レティシアは、あいかわらず冷静な口調で、

「それはそれでかまわないわ。『ヴァルキリー』の救援《きゅうえん》に向かう以上、こんなところで無駄《むだ》に時間を使っていられないし、ね」

「ひょっとしてレティ、クイーンのことが心配？」

「あんな馬鹿はどうでもいいの。けど補給物資は受けとる必要があるわ」

きっぱり言ったその口調は、決して照《て》れ隠《かく》しなどではなく、本心から言っているようにしか聞こえない。

「あなただって、クイーンはともかく、トーフが手に入らなくなったら困るでしょ」

「むぅっ！　困るっ！」

そしてメニィも。心の底からそれに同意したのだった。


「……まずいわね……」

『ヴァルキリー』の隠し通路の一角で。

トーフ以下に格付けをされた女——クイーンは、ディスプレイに映し出されたデータを眺《なが》めて眉《まゆ》をひそめていた。

「どうしました？　姐《あね》さん？」

「クイーン、よ。

海賊たち……

片方は、あいもかわらず隠し通路でぐるぐる回ってるんだけど……

問題なのはもう片方。

船尾《せんび》の方に向かっているのよ。

このままだと、それほど経《た》たずに、他のみんなのいるブロックにたどり着くわ」

わざとやっているとしか思えないスティッキーの呼びかけに、いちいちちゃんと反応してから、眉をひそめてつぶやく彼女。

「脱出《だっしゅつ》させちゃったらどうです？　シッポだけ切り離して」

……はぁぁぁぁぁ……

気楽に言ったスティッキーに、クイーンはロコツに眉をひそめてため息ついて、

「……あのねぇ……

外にはまだ海賊船《テキ》がいるのよ。脱出させたとたん砲撃《ほうげき》されたら困るでしょ。

それに何よりっ！」

彼女は拳《こぶし》に力を込めて、遠いどこかをにらみつけ、

「そんなことしたらドラゴン形態に変形した時、シッポがなくなってかっこ悪いじゃないのっ！」

「仲間よりそっちが大事ですかいっ⁉」

「両方大事だって言ってるのよっ！」

そーか。同レベルなのか。

横で聞いていて、部下その二——トゥーラはそんなことを思ったりもしたのだが、とりあえず口には出さないことにする。

今やらなければならないのは、クイーン相手の漫才《まんざい》ではなく、他の乗務員の保護である。

「先ほどと同様、船体を部分変形させて海賊たちの進路を変えればよいのでは」

トゥーラの提言に、クイーンは気乗りのしない表情で、

「……まあ……たしかにその手はあるんだけど……

そうすると連中、第五格納庫にたどり着くのよ」

「第五というと、『シューティングスター』に設置予定の砲座が格納されているブロックですか」

「そうよ！

ああ……かわいい新兵器《あのこ》が、海賊たちの手に落ちるなんて……」

「手に落ちる、と言っても、船外への運搬《うんぱん》には時間がかかるはずです。

それまでに『シューティングスター』が到着《とうちゃく》してくれれば問題はないと判断しますが」

「……んーむ……」

トゥーラの冷静な意見に、クイーンは眉間《みけん》にシワ寄せて、

「……本当は、海賊たちの手でぺたぺた触《さわ》られるのもいやなんだけど……

——仕方ないわね。

そのテでいきましょ」

ため息混じりにつぶやくと、彼女はハンディ・パソコンを操作した。


『……ちょっと……待て……なんか変だと思わねぇか？』

バニングスが、言って足を止めたのは、隠し通路をえんえんと駆《か》け回ったあとのことだった。

当人たちに自覚はないが、同じ通路を一体何周したことか。

『どうしました⁉　ボス⁉』

すぐ後ろについていた部下の一人が問いかける。

『なんか……同じようなところを進んでるような気がしねぇか⁉』

『……そ……そうですか？　たしかに見た目の変化はあんまりありませんけど』

『これだけ進んで、逃げ込んだ奴《やつ》らを見かけるどころか……分かれ道やドアのひとつも見当たらねえ。

変だと思わねぇか？』

『……たしかに……そう言われてみればちょっと変ですけど……

入り口があったからには、きっとどっかに出口も……』

言いかけた部下のことばをさえぎって。

……ずず……ずず……

さきほど感じたのと似た揺《ゆ》れが、通路全体を震動《しんどう》させる。

──また変形してやがる!? けど何のために──

そう考えて。

バニングスは、はっ、と小さく息を呑《の》む。

ようやくその考えに思い至ったのである。

『……そうか……そういうことか!』

『……な……何ですか? ボス』

『奴《やつ》ら……宇宙船《ふね》の形を変えて、通路を別の通路とつなげて、オレたちに堂々巡《めぐ》りさせる気だ!』

『……そ……そんなことが!?』

『そうとしか考えられねえ!』

『けどそうすると、おれたち、ずっとこの通路から出られない、ってことなんじゃあ……』

不安の混じる部下の声に、しかしバニングスは、笑《え》みすら浮かべながら言った。

『普通に歩いてりゃあ、な。

けど、手はある。

おれたち流のやりかた、って奴だ』

『……なんだ……？』

『こいつは……？』

鎮座するそれを目の当《ま》たりにして。

海賊たちの一団は、呆然《ぼうぜん》とつぶやきを漏《も》らした。

バニングスが率いているのとは別の一団。

船尾に向かった海賊たちのグループは、わけのわからない大型船の中を、あちらこちらとさまよったあげく、この場所にたどり着いていた。

格納庫とおぼしき広い空間。

そこに、ハンガーで固定されているのは、『奇妙《きみよう》な物体』としか呼びようのないものだった。

まるで、巨獣《きよじゆう》の体から引き抜《ぬ》かれたかのような、半ばまでが半透明《とうめい》な巨大な針——

あえて言うなら、それは、そういったシロモノだった。

全長は一〇Mを越《こ》えていた。先端《せんたん》は尖《とが》り、根もとの方にゆくにつれ、すこしずつ太さを増してゆく。

先端から半ばまでが白くにごった半透明で、その根もとのあたりには、引きちぎられた血管や神経繊維《しんけいせんい》を想わせるものがはみ出している。

――まるで異星人映画《エイリアンムービー》の遭遇《そうぐう》シーンだな――

グループを率いている男――ザニーはぼんやりと、そんなことを思った。

だがむろん――それはエイリアンの道具《アイテム》でも、ましてや生物の一部などではない。

血管や神経組織に見えるのは、エネルギー・チューブや接続ケーブルの束。そしてそれらは、見慣れた規格のものだった。

人の手による物に間違いはないのだが――なら一体何なのかと問われれば、海賊たちに答える術《すべ》はない。

『……とにかく……調べてみるぞ』

ザニーは言って、まず自分から、それの方へと歩み寄る。

ほかの者たちも、多少腰《こし》を引きつつもあとに続いた。

あちらこちらを手分けして調べ――

『ザニーさん！　これ！』

声が上がったのは、ほどなくのことだった。

『何だ？』

声の方へと行ってみれば、海賊の一人が指さしているのは、それに刻印された文字。

『HEXACANON』

『六角形《ヘキサ》の……砲《キャノン》？
砲台？　これが？
それに……なんで六角《ヘキサ》なんだ……？』
見たところ、別にどこかが六角形になっているわけでもないようだが。
それに、砲、というにも砲門らしき部分はない。
となるとおそらくは、半透明の部分から発射される、レーザーか何かなのだろうが……
『砲座だとしたら宇宙船用か……
まあとにかく、だ……』
つぶやいて、ザニーは、バニングスへの通信回線を開いた。

『――運び出せ』
ザニーからの通信と質問を受け、
バニングスは、迷うことなく即答《そくとう》した。
『けど、貨物室のコントロールが効かない以上、ハッチは開きませんぜ』
『かまわん』
その問題にも、バニングスは迷わず答えた。
同じやりかたをすればいいのだ。

彼らがたった今、閉ざされた隠《かく》し通路から、普通の通路へと抜け出したのと同じやりかたを。

『扉《とびら》がなければつくればいいだけだ。

『ブラックシャーク《こっちのふね》』に連絡《れんらく》して、砲撃で外装を吹《ふ》っ飛ばしてやれ』

灼《や》き切った壁《かべ》の一部を踏《ふ》みしめて。

バニングスは堂々と、無茶な命令を下したのだった。


……どぉんっ……

遠い震動が船体をゆるがした。

『なにっ⁉』

その揺れに、驚愕《きょうがく》の声を漏《も》らしたのは、スティッキーとトゥーラの二人である。

クイーンは驚くより先に、すでにハンディ・パソコンのキーに指を走らせて、状況《じょうきょう》のチェックにかかっている。

そして——つぶやき。

「……まずいわね……」

「どうしたんです？　姐《あね》さん」

「あれが運び出されるわ」

スティッキーのいつもの呼びかけに、いつものツッコミを入れることも忘れ、彼女は口を開いた。

「船体のコントロールをこちらが握《にぎ》っている以上、ハッチは開かないはずです」

こころもち慌《あわ》てた口調のトゥーラに、クイーンは、ため息混じりに、

「今の揺れ……

連中の宇宙船《ふね》の砲撃が、こっちの外装を削《けず》ったせいよ。

砲撃でこっちのハッチをこじ開けたのよ。

連中らしい、無茶なやりかただわ」

隠し通路に閉じこめた海賊たちが、壁を灼き切って普通の通路に出たことは、すこし前にキャッチしていた。

まさか……とは思っていたが、艦船《かんせん》規模で、それと同じことをやってくれようとは。

「ど……どうするんですか姐《あね》さんっ⁉」

「クイーン、よ。

そうね……

部下一、あなたが単身出ていって、獅子《しし》奮迅《ふんじん》の活躍《かつやく》で、海賊連中全員をあっという間にやっつける、って作戦はどう？」

「無茶言わないでくださいっ！」

本気とも冗談《じょうだん》ともつかぬクイーンの言葉に、一応本気で抗議《こうぎ》しておくスティッキー。

ここでもし冗談にでも、『それ、いいっスね』なんぞと口にしようものなら、なにしろクイーンのことである。『それじゃあ決定早速ゴー！』などと言いだしかねない。

アイデアを却下《きゃっか》されたクイーンは、小さくひょいっ、と肩をすくめ、

「ならあと残った方法は――

祈《いの》るしかないわね。

『シューティングスター』が一刻も早く到着《とうちゃく》してくれること。

あと、連中があれを使わないことを」

ヘルメット内部の画面に映し出されたのは、たしかに、珍妙《ちんみょう》な物体だった。

『……おいおい。本当に砲座《キャノン》か？　それ？』

艦内の探索《たんさく》はなおも続けつつ。

バニングスは、思わずそうつぶやいていた。

『ボディにはそう刻印されてましたから。

……マニュアルとかがあるわけじゃあないんで、どんなものかはよくわかりませんけど』

『……ふん……』

何とはなしにつぶやいて――

その瞬間《しゅんかん》。

バニングスの頭に、閃《ひらめ》くものがあった。

『わからなけりゃあ、ぶっ放してみりゃいいだけの話だ』

『……え……？』

声を上げるザニーは無視して、バニングスは、通信の相手を、母船『ブラックシャーク』のブリッジへと切り替《か》える。

『オレだ。

たしかうちの船、二番砲座にガタが来てた、って話してたな。

……今運び出してるやつをとりつけろ。

この場で』

『ここで、ですかい？』

船を任されているテオが、とまどいの声を漏《も》らした。

当然である。

たとえ装備品を手に入れたとしても、略奪《りゃくだつ》の場でそれを船体に取りつける、などというのは初耳である。

普通は、現場から離れた、比較的安全な場所——どこかの小惑星《わくせい》の陰《かげ》とかで作業をするものである。

『ああ。ここで。今すぐに、だ』

『なんでまた……』

『まあ……試《ため》し撃《う》ち、って奴《やつ》だ』

『なら、何もここでなくても……』

『いいからとっととやるんだよっ！』

吠《ほ》えて、一方的に通信を切るバニングス。

本当の理由はむろん――意趣返《いしゅがえ》しである。

不必要な殺しをする趣味はなかったが、ここまでコケにされては、さすがに我慢《がまん》も限界である。

――適当に物資《モノ》奪《うば》ってから、この船から奪った武器でこの船自身をぶっ飛ばす――最高じゃねえか――

自分のその思いつきに、バニングスは、一人、ヘルメットの奥《おく》でほくそえんだ。

通信が入ったのは、『シューティングスター』が、『ヴァルキリー』との接触《せっしょく》地点まで、あとおよそ三十分ほどに迫《せま》った時のことだった。

『みなさんに悲しいおしらせがあります』

ディスプレイに映ったクイーンが、真顔で言ったそのとたん。

ぷつっっ。

レティシアは無表情のまま、問答無用で通信を切った。

つーっ。つーっ。つーっ。

間髪《かんはつ》入れずコール音。

レティシアが通信のスイッチを入れたそのとたん――

『ちょっとレティシアいきなり何するのよ、このほのかな緊急《きんきゆう》事態にっ！』

「――で？」

クイーンの抗議――いや、絶叫《ぜっきょう》にとりあわず。

話の先をうながすレティシアの口調は、ほとんど絶対零度《れいど》に近く冷たい。

『……うくっ……！　冷静な対応ありがとお。

どう？　こっちまであと、どれくらいで着きそう？』

「予想では約三十分、といったところね」

『……間に合わない……か……？』

レティシアからの答えを聞き、ディスプレイの中のクイーンは深刻な表情を浮かべた。

「何が？」

『設置完了《かんりよう》までに、よ』

何の？　とは問わず、無言で話の先をうながすレティシアに、クイーンは、気まずさ隠しに
大きく身をそらし、

『気にすることはないわ！　ちょっと……そっちの船にとりつける予定の新型砲座《キャノン》を海賊《かいぞく》たちに奪われただけよ！　ほーほ……』

ぶつっ。

ふたたび。

レティシアは問答無用で通信を切った。

『ヴァルキリー』は、補給艦《ほきゅうかん》という面の他にも、『シューティングスター』などに対する簡易整備工場としての機能も持ち合わせていた。

新しく開発された武器などの装備品を追加もしくは換装《かんそう》する場――

『ヴァルキリー』の変形機構は、そういう面ではたしかに多少役に立ってはいた。

とはいえ、さすがに本格的な工場などに比べると、設備は決して充分とはいえない。

それを解決する方法は簡単。

『シューティングスター』の船体と、追加装備される新装備との双方《そうほう》を、換装が容易なユニット構造にすればいいのだ。

――といってもこれは別に、特別斬新《ざんしん》な考え方というわけではない。

というよりむしろ、たいていの宇宙船は、砲座などに関してはこのユニット構造になっている。

ただ、『シューティングスター』等への装備品は、その作業効率を飛躍的《ひやくてき》に上昇させられる設計になっているのだ。

まあ、とどのつまり——

海賊たちが『ヴァルキリー』からパクった砲座は、わずか十分少々の作業で、『ブラックシャーク』の船体に設置が完了してしまったのだ。

『えらく便利なシロモノだ、って、整備やらせた連中がおどろいてました』

海賊船に残ったテオは、設置完了の報告とともに、バニングスにそう言った。

『少人数でも、楽に取り付けられるようになってる、って……

まあ……かんじんの威力《いりょく》の方がどうなのかは、実際ぶっ放してみないとわかりませんけどね』

『ほぉう』

言われてバニングスはつぶやいた。

砲座の取り付けが完了したら、適当に物色してから退却し、この船を砲撃で沈めるつもりだった。

しかし——

思ったよりもはるかに早く、砲座の取り付けは完了し、なおかつ、モノは悪くなさそうだという。

ならば、他にも掘《ほ》り出し物っぽいものを積んでいる可能性も高い。適当に、ではなくじっくりと物色する方がいいかもしれない。

などと思いはじめたその時。

『ボスっ！』

通信回線を通して聞こえた切迫《せっぱく》した声は、船に残したテオのものだった。

『何だ？』

『宇宙船《ふね》です！　宇宙船《ふね》が一隻《せき》、こっちに向かって来てます！』

『どういう船だ⁉』

『わかりません！　たった今、レーダーでとらえたばっかりで……向こうからはまだ何の連絡《れんらく》もしてきませんし』

『……ふむ……』

言われてバニングスは小さく唸《うな》る。

宇宙では、宇宙船同士が出会った場合、簡単なあいさつの通信を交わすことが慣例になっている。

この時に、自分の船の船籍《せんせき》が自動で発信され、それが身分証明のようなものになる。

つまりあくまで、『自分は安全な存在です』ということをアピールするための慣例なのである。

通信を入れるタイミングもまちまちで、レーダーでとらえたとたん通信をしてくる者もいれば、それこそ目と鼻の先の距離になるまで何も言ってこないのんびり屋もいる。

それがないということは——近づいて来る船は、ただののんびり屋か、そうでなければ敵、ということになる。

可能性が一番高いのは、獲物《えもの》の横取りを狙《ねら》う別の海賊か——

『今からそっちに戻《もど》る』

言ってからバニングスは、通信を、もう一つの班を任せたザニーへと切り替《か》える。

『オレだ。今、船から連絡があった。どこかの船がこっちに向かってるらしい。オレたちは一旦《いったん》『ブラックシャーク《あっちのふね》』に戻る。とはいえ、その間にエモノに逃げられても困る。お前たちの班はこの船に残れ』

『——了解《りょうかい》しました』

わずかの間を置いて返ってきた答えにうなずいて、バニングスは通信を切った。

『どっかの船が近づいてる！　一旦船に戻るぞっ！』

『おうっ！』

部下たちの声を背に負って。バニングスは通路を進みはじめた。

そして。

『シューティングスター』のレーダーもまた、二つの船影《せんえい》を捕《と》らえていた。

一七〇Mクラスの海賊船と——そして『ヴァルキリー』の二隻。

「目標捕捉《ほそく》。各戦闘システム起動」

レティシアの声がブリッジに流れた。

砲座に、各種ECM発生装置に、そして『ドッペルゲンガー』に灯が入る。

相手は海賊船一隻。現在は人質を取られてもいない。

こちらは、全長一二〇Mと、相手より小柄《こがら》ではあるが、装備の充実度《じゅうじつど》では優っているはずだった。

ただ一点。

『ヴァルキリー』から奪《うば》われた砲座を除いては。

クイーンからの通信を、ぶっつんぶっつん切りながら、それでもレティシアはクイーンから、その砲座についての簡単な説明を受けていた。

で、その砲座への対応策は——

曰《いわ》く。『当たらないことを祈《いの》るのがポイント』だとのこと。

言われてレティシアは、即座《そくざ》に通信をぶち切った。

——まあ……ナメてかかれるものじゃあないことはわかったけど……

「ステルス・システム、オン。コーティング変移。

展開パターンDにて『ドッペルゲンガー』射出」

『シューティングスター』の表層が、闇《やみ》の色へと溶《と》け込んで、解き放たれた六つの球《スフィア》が、同じ数の影《ドッペルゲンガー》をつくり出す。

宇宙《そら》に潜んだ黒い毒《ヴェノム》の矢と化して、『シューティングスター』は虚空を駆《か》ける。


「……も……目標、七つに分裂《ぶんれつ》っ！」

「寝《ね》ぼけるんじゃねぇっ！」

「あだっ！」

バニングスの投げつけたドリンクの缶《かん》——ちなみに中身入り——は、報告したオペレーターの後頭部を直撃《ちょくげき》した。

「宇宙船《ふね》が分裂するわけねえだろ!?　常識で考えろ！」

怒鳴りつけられたオペレーターは、後頭部を手でさすりつつ、

「け…けどボス、わけのわかんねえ輸送艦がドラゴンに変形したりするんですぜ」

「……む……」

確かに言われてみればそうなのだが。

「けど分裂ってのはどういうことだ⁉

　まさか同じモノが増えたってわけでもねえだろ⁉」

「それが……途中で一旦《いったん》反応が消えて……これは相手がステルス・システム使ったからじゃあないかと思うんですが……そのあと同じ反応が七つ、出てきやがったんです」

「……ふぅむ……」

　バニングスは小さく唸《うな》った。

　これで少なくとも、相手が敵だということだけははっきりした。

　七つに増えた、という話だが、アメーバーではあるまいし、宇宙船がいきなり増えるわけはない。

　ならばどういう仕掛《しか》けがあるか。

　可能性は二つある。

　うち六隻が、最初からステルス・システムを作動させていた可能性。

　あるいは、うちの六つがダミーだという可能性。

　もしも前者なら、なぜか一隻はそのままで、六隻はレーダーの範囲《はんい》外から――つまり常に、ステルス・システムを作動させていたことになる。

　その場合、戦闘《せんとう》もはじまっていないこの距離で、システムを解除して姿を現す意味はない。

　ならば。

「ビビるな！　六つはただのダミー。本当の相手は一つきりだ！」

「……そ……そうなんですか？」

「そうだっ！　……考えてみりゃあ、試し撃ちのいい的ができたじゃねえか。パクった例の砲座、早速使ってみようぜ！　むろん他の砲座も準備しとけ！」

『おうっ！』

景気のいい声とともに、海賊たちの動きがあわただしさを増す。

「目標……七つのうちどいつを狙《ねら》います⁉」

「カンだカン！　適当にやれ！　それとっ！　そこの変な輸送船を盾《たて》がわりに使わせてもらえ！」

「了解っ！　微速《びそく》移動開始！」

「目標、射程突入《とつにゅう》まであと三十！」

「各砲座準備オッケー！」

「目標……射程に捕捉《ほそく》っ！」

「照準でき次第《しだい》ぶっ放せっ！」

「おうっ！」

バニングスの乱暴な命令に、何も考えていない声が応《こた》えた。

巨大《きょだい》な針にも似たそれは、瞬間、まばゆく輝《かがや》くと、光の槍《やり》を虚空《こくう》に生んだ。

その数、同時に合計七つ。

そして。そのうち一条が——

放たれた『ドッペルゲンガー』のうち一つを粉砕《ふんさい》していた。


「——この距離でっ⁉」

レティシアの声に焦《あせ》りの色がにじむ。

射撃《しゃげき》精度が高い、とは聞いていた。

しかし——

『ドッペルゲンガー』の直径は、わずかに一〇M程度。ついでに言うと、『シューティングスター』と同じ機動力で、自動回避《かいひ》行動を取っている。

それに当てるということは——

この距離にあって、射撃誤差は数M以内。

すなわち。

『シューティングスター』本体を狙われれば、回避は不可能だということを示していた。

……なるほど……これはたしかにクイーンの言う通り、祈る以外にテはなさそうね……

レティシアは、胸の裡《うち》で毒づいた。


ヘキサキャノン。

ちなみに仮名。

もっと気の利《き》いた名称募集中《めいしょうぼしゅう》。

電気刺激《しげき》によって屈折《くっせつ》率を変化させる、砲身《ほうしん》内部のゲル物質が照準を決め、発振《はっしん》された高々出力のレーザーを、七本に分けて解き放つ。

疑似生体《パラバイオ》コンピュータに制御《せいぎょ》された高精度照準システムは、距離や砲撃到達《とうたつ》時間は言うに及《およ》ばず、相手の機動性能と回避の癖《くせ》を計算し、中心の一本を最も命中確率の高い一点に、そしてそれを囲む六本を、その周囲――次以降に命中確率が高い六点に解き放つ。

それはまさに、不可避に等しい一撃。

「しかもっ！

『ドッペルゲンガー』の回避パターンと『ヘキサキャノン』の照準追尾《ついび》パターン！

プログラム組んだ人間が同じだから、思った以上に当たる当たる！

我ながら実にナイスな兵器と言えるわね！

ほほほほほほ！」

『味方のピンチにいばらないでくださいっ！』

クイーンの自画自賛に、スティッキーとトゥーラ、二人のツッコミは、薄暗《うすぐら》い通路に虚《むな》しくこだましたのだった。

3

「命中！　反応一つ消失っ！」

ぅおおおおおおおおおおおっ！

オペレーターの報告に、海賊船『ブラックシャーク』のブリッジは、一気に盛り上がりまくった！

「スゲェですぜボス！　あの砲座《ほうざ》！　なんか知りませんが、レーザーが何本もいっぺんに出て、よけにくくなってるみたいですぜ！」

「おうっ！　なんかわからんがそりゃあ凄《すげ》ぇなっ！　いいからガンガンぶっ放《ぱな》せ！」

いきおい任《まか》せで言い放つバニングス。

手に入れた砲座の威力《いりょく》に、海賊たちは有頂天《うちょうてん》になっていた。

まるで、そう。新しいおもちゃを手にした子供のように。

「了解《りょうかい》っ！　エネルギー充填《じゅうてん》っ！

……む……けどけっこうエネルギー食いますぜ。こいつ。

充填に、普通より余計に時間がかかります」

「まあいい！　とにかくぶっ放せ！」

バニングスは言い放ち、盾《たて》にしている大型艦——『ヴァルキリー』に目をやって、

——あとであいつの中を探しゃあ、うまくしたら、それに見合った凄ぇエンジンとかも見つかるかもしれねぇし、な——

いずれにしても今は、目の前の敵を片づけるのが先決である。

「目標、一点に集結！」

そこに、オペレーターの声が飛ぶ。

「一点に？　あきらめやがったか？」

「あ。いえ。また分裂《ぶんれつ》しました！」

「……ふん……」

続いてのその報告に、バニングスは思わず鼻で笑った。

「何かと思えば……チンケなフェイントかよ。

気にするな！　ンなもん！」

「ボス！　第二射、発射準備オーケー！」

「よぉぉぉしぶっ放せぇぇぇっ！」

『ヘキサキャノン』の放った光は、海賊船に向かい来る光点の、さらに一つにつき刺《さ》さり、爆《ばく》発《はっ》・四散させる。

「ぃよっしゃあぁぁぁぁぁぁっ！」

うおおおおおおおおおおおおおおッ！

『ブラックシャーク』のブリッジは、さらにさらに盛り上がりまくった。

「シャレになってませんぜ姐《あね》さん！」

クイーンの手にしたハンディ・パソコン。

それを横からのぞき込み、スティッキーは情けない声を上げていた。

ディスプレイ表示枠《ウインドウ》の一つには、大まかな戦況《せんきょう》――

『シューティングスター』と『ドッペルゲンガー』を表す光点の様子が表示されていた。

その光点のうち、さらに一つが、今、消えたのだ。

言うまでもない。

奪《うば》われた『ヘキサキャノン』の砲撃《ほうげき》を受けて。

「クイーンよ。『姐さん』じゃなくて」

いつも通りのツッコミを入れるその声に、しかし、焦《あせ》りの色はない。

「あの二人を信じなさい。

レティシアだって、ダテに性格悪いわけじゃあないし、メニィだって、ダテにいつもトーフ食べてるわけじゃあないんだから」

「ンな言い方されて、どーやって安心しろってぇんですかいっ⁉」

「とにかく。

それより今は艦内《かんない》の状況よ。

海賊の数はおよそ半分、約十人に減少。

でもって、やり方によっては分断も可能。

――できるわね？」

問われて――

スティッキーとトゥーラ、二人の表情が引きしまる。

「いい表情《かお》ね。

――じゃ、こっちへ」

言って二人の応《こた》えも待たず、通路を駆《か》け出すクイーンのあとに、スティッキーとトゥーラの二人も続きつつ、

「けど武器はどうするんですか⁉」

問うスティッキーに答えるクイーン。

「大丈夫《だいじょうぶ》よ！　パワード・スーツがあるわ！」

「しかしクイーン、『シューティングスター』に引き渡す予定の二機では、私たちの身体《サイズ》には合わないのでは？」

トゥーラの疑問に、クイーンは、駆けゆく足をゆるめもせずに、

「それも大丈夫！　こんなこともあろうかと思って、あんたたちのサイズに合わせたパワード・スーツ、会社にないしょで作っておいたのよっ！」

「こんなこともあろうか……って……日頃《ひごろ》一体何考えてるんですかっ⁉　姐《あね》さんっ⁉」

「クイーン、よ！　日頃何を考えてるかは秘密よっ！　ほほほほほほほほほ！」

笑いの余韻《よいん》をまき散らし、三人は、闇《やみ》の奥《おく》へと通路を駆ける。


「さらに一つ撃破《げきは》っ！」

どおおおおおおおおおおおおおっ！

まるで酒でも入っているかのように。

『ブラックシャーク』のブリッジは、むやみに盛り上がりまくっていた。

「残る反応は三！」

「いい度胸だ！　まだ突《つ》っ込《こ》んで来るか！」

ブリッジ中央に仁王《におう》立ちになり。

バニングスは、傲然《ごうぜん》と言い放った。

「ダミーをばら撒《ま》いて、それに混じって、本体がぶち落とされるまでに、こっちにたどり着けるかどうか——

敵ながら、なかなか思い切った賭《か》けをしやがる！

しかぁし！

分《ぶ》の悪い……

いや！　分のない賭けだったな！」

「第五射準備完了《かんりょう》！」

オペレーターの声が響《ひび》く。

他の砲座、居住区、メインブースター。

カットできるエネルギーすべてをカットして、そのぶんを『ヘキサキャノン』のエネルギーチャージに回しているのだ。

これで、エネルギーの充塡速度は、飛躍《ひやく》的にアップした。

これならば――

相手がここにたどり着く以前に、ダミーも本体もひっくるめ、光点全部を撃《う》ち落とすことも可能かもしれない。

「ぶっ放せ！」

バニングスの指令に、宇宙《そら》を閃光《ひかり》が引き裂《さ》いて――

そして。光がまた一つ消える。

貧乏クジを引かされたのはわかっている。

むろん、輸送船《こっちのふね》をほったらかしにして、全員が『ブラックシャーク《あちらのふね》』に戻《もど》るのが得策《とくさく》でないことは、居残りを命じられたザニーにもわかっている。

敵が来た——ということだが、全員であちらの船に戻ったりすれば、敵に気を取られているうちに、こちらの船が逃げ出す可能性は高い。

だが——

もし敵が、『ブラックシャーク』ではかなわないような相手だったなら？

むろんバニングスは、自分たちをこの場に残して、退却命令《たいきやく》を出すだろう。

つまり、見捨てられるのだ。

——これでまだ、この船が豪華《ごうか》客船とかならば、話も少しは違《ちが》ってくるのだが。

もしもの時に見捨てられる、ということ自体は変わりがないが——居残り組の役得、というものも出てくるのである。

たとえば。乗客の持ってる金や宝石を、こっそり自分のポッケにしまう。

あるいは。ちょっといい女がいれば、他のみんなより先に手が出せる。

むろん抜《ぬ》け駆《が》けと言われれば抜け駆けなのだが、居残りのリスクを考えれば、多少のことは大目に見てもらえるのだ。

しかし——

あいにくとこの船は、どうやら艦船装備用《かんせんそうび》の輸送船。

扱《あつか》っているモノの金額はたしかに大きいのだが――砲座やレーダーをちょいとポッケに、というわけにはいかないし、装甲板《そうこうばん》や制御《せいぎょ》ユニットに、他の連中より先に手を触《ふ》れたからといって、うれしくも何ともない。

役得なしのリスクあり。これが貧乏クジでなくて何だというのか。

とはいえここで、ヤル気がないからといってダレていては、『ブラックシャーク』が敵を退《しりぞ》け、バニングスが帰って来た時に、『てめぇら何をやってたんだ!?』と、どなり散らされることは間違いない。

仕方なくザニーは、十人ほどの海賊たちを引き連れて、次の探索《たんさく》場所へと向かっていた。

延びる通路の少し先。左手の方に、やや大きめのドアが見える。

先頭をゆくザニーは、後ろに続くみんなの方をふり向いて、

『ドアだ。例によって、とりあえず片《かた》っ端《ぱし》から――』

言いかけた、その言葉を遮《さえぎ》って――

じゃっ！　ずぅんっ！

いきなり横手から出現した壁《かべ》が、一同を、半《なか》ばほどから分断する！

『……な……何っ!?』

『何だ!?』

あわてふためく海賊たち。

『これはまさか……隔壁《かくへき》っ！』

驚愕《きょうがく》の声を上げた誰《だれ》かの言う通り。

それは確かに、宇宙船《ふね》の隔壁だった。

——むろん本来、隔壁というのは、乗組員がそれにはさまれたりしないように、安全性を考《こう》慮《りょ》して、わりとゆっくりと閉じてゆくものなのだが——

今のは速かった。

『安全性』などという生ぬるい単語は、どこかで船外投棄《せんがいとうき》されたかのような、一種ヤケクソな速さである。

海賊たちの中に、それにはさまれる者が一人もいなかったのは、まさに、悪運強し、としか言いようがない。

おそらく誰かが、隔壁の閉まる速度をコントロールしたのだ。

むろん目的は言うまでもない。

海賊たちの分断。

ザニーのいる方に残されたのは、彼をふくめて合計五人。

壁のむこうにいるのは六人。

きれいに二分割されたことになる。

『……ちっ……！　なかなかやってくれるじゃねーか！』

毒づいて、ザニーが、壁の向こうの仲間に通信を開こうとした、まさにその時。

『……ザ……ザニーさん、あれ……』

呆然《ぼうぜん》たる仲間の声にふり向けば──

通路の先に佇《たたず》むのは、人型をした銀色の影《かげ》ふたつ。

通路の左にあった扉《とびら》が開いている。おそらくザニーたちが、閉じた隔壁に気を取られているうちに、中から出てきたのだろう。

片方は大柄《おおがら》な人型で、もう片方は、それよりさらに、頭一つ半ほど大きい。

生身ではない。

二機のパワード・スーツである。

銀色のボディ。鋭角《えいかく》なデザイン。

その中で。

それぞれの胸の中央にでかでかと、赤丸の中に『1』『2』と書かれているのが、完全無比《むひ》に浮いている。

『……変……』

ぼそりっ、と。

誰かがつぶやいたそのとたん。

二体のパワード・スーツは動きだした！

『変って言うなぁぁっ！』

『我々も気にしているんだっ！』

ナニカの怒《いか》りを力に変えて、二体は猛然《もうぜん》と、海賊たちに向かって突っ込んで来る！

『……う……撃てっ！』

変なカラーリングに気を取られ、海賊たちの反応が一瞬遅《いっしゅんおく》れた。

かろうじてビームガンを引き抜《ぬ》き、トリガーを引くことができたのは、ザニーを含《ふく》めて二人だけ。

が、それも。

『こんなの着たまま……』

『倒《たお》れてたまるか！』

二機のパワード・スーツは全く同時に、左手の甲《こう》を前につき出す。

飛び来たビームは甲にはじかれ、四散《しさん》する。

電磁場《でんじば》による、対ビーム・フィールドである。

海賊たちが気をとりなおすより早く。

二機のパワード・スーツは、海賊たちのまっただ中へと突っ込んだ！

――海賊たちの着ている装甲服《そうこう》は、どこかの警察からの横流し品で、薄型《うすがた》軽量ながらも、普

ノルナ
ノルナ
サワルナ

通のビームガンの直撃にも、一度や二度は耐《た》えられる、という、なかなかのスグレモノだった。

だが。

ふり回される鉄の巨腕《きょわん》。力といきおいの乗りまくったタックル。

さすがに薄型軽量では、衝撃《しょうげき》までなんとかするのは不可能だった。

『ぐわがげはぁっ⁉』

五つの悲鳴が重なって、海賊たちが倒れ伏すまで、ほんの一瞬。

『片づきましたぜ姐《あね》さん！』

凶暴《きょうぼう》さの余韻《よいん》を残した声で。

パワード・スーツ丸《まる》1ことスティッキーは、どこかにいるクイーンに通信を送る。

『クイーン、よ。けど早かったわね。結構結構』

『けど姐さん！　さっきも言いましたけど、この胸と背中にデカデカ書いてあるマル1とマル2！　海賊たちにも笑われちまいやしたぜっ！』

『気にすることはないわよ部下その一』

『スティィッキィィィィですッ！』

『……不機嫌《ふきげん》ね……カルシウム不足？』

『足りないのはカルシウムじゃなくて上司からの思いやりですっ！』

『しかしクイーン、こんな装備が存在するのなら、最初から投入していれば何も問題なかったんじゃありませんか!?』

冷静な——しかしどこか不機嫌なトゥーラの問いに、通信機の向こうのクイーンは、小さく鼻で笑ってから、

『何言ってるのよ。勝算もなしに、未完成品を出撃させられるわけないじゃない』

『……み……!?』

『未完成……』

さらりと言ったクイーンのことばに、二人は一瞬絶句して、

『……ちょっ……

ちょっと待ってください姐さんっ!

それじゃあこのシルバーボディって……』

『そ。仕様じゃなくて、単なる未塗装《とそう》。

……乗ってもらう時にも言ったでしょ。武器はない、って。

このわたしが、武装もない完成品を造るとでも思ったのかしら?

左手の対ビーム・フィールドはともかく、ほかの部分の装甲も、今は何の表面処理もしていない、ただの鉄板みたいなもんだから、ビームとか当たったら一発で穴が開くんでよろしく』

『ただの鉄のカンオケじゃないですかい! そんなもん!』

『ウィットの効《き》いた言い方をすれば、確かにそうね』

『うああっさり認めやがったこのアマっ！』

『その胸のナンバー・ペイントも、サイズは違《ちが》っても同型だから、パーツ取り付けとか間違えないように、単に識別《しきべつ》のために書いてるだけよ。

……けど、それがそんなに気になるなら、その二機の名前は『その一』『その二』で決定ね！』

『うがぁぁぁぁぁぁっ！』

『クイーン、いい加減にしてください』

『あ。トゥーラまで怒《おこ》ってる怒ってる。

よしよし。

それじゃあその怒りは、とりあえず、扉の向こうにいる連中にでもぶつけてもらおうかしらね。

それがダサい鉄の棺桶《かんおけ》になるか、それとも鋼《はがね》の守護神《しゅごしん》になるか。

それを決めるのはあなたたちよ。

ま、がんばってね』

言うと同時に、閉じた時と全く同じ唐突《とうとつ》さで隔壁が開く。

扉のそばでかたまり、うろたえ、不意をつかれた海賊たちと、理不尽《りふじん》な怒りに燃える、パワード・スーツを纏《まと》った二人。

勝負の結果は、言うまでもなかった。

光点は、どんどんと、『ブラックシャーク』に向かって近づいて来る。

「発射準備完了っ！」

「撃《う》てぃっ！」

即座《そくざ》に吠《ほ》えるバニングス。

レーダー上の二つの光点は、回避《かいひ》運動を行うが――

『ヘキサキャノン』の放つ光が、その片方を消失させる。

「命中！　残る反応は１！

なおも接近中！」

「エネルギー再充塡《じゅうてん》開始！」

ブリッジに報告が飛び交う。

「まだ近づいて来るか⁉」

歓喜《かんき》混じりの声を上げるバニングス。

「嫌《きら》いじゃねぇぜ！　そういう馬鹿《ばか》は！」

「接触《せっしょく》まであと四十！」

「よっぽどの馬鹿か……いや、それとも本体はとっくにやられて、ダミーだけが勝手に動いてるのか⁉」

「接触まであと三十！」

「目標軌道変更《もくひょうきどう》っ！」

「逃げに走ったか⁉」

「いえ！　輸送船をまわり込むつもりのようです！」

「甘《あめ》ぇ！　動かせるバーニア全部吹《ふ》かして輸送船の陰《かげ》から出ろ！」

「目標、今の軌道変更により接触までの時間変化！　接触までの時間二十！」

「キャノンの再照準完了！」

「接触まで十！　九！　八！　七！」

「発射準備完了っ！」

「撃てぇぇぇぇぇぇっ！」

吠えるバニングスに、宇宙が光る。

メインディスプレイの中、漆黒《しっこく》の闇《やみ》を閃光《せんこう》が貫《つらぬ》き、刹那《せつな》の後——

光の華《はな》が虚空《そら》に生まれた。

「命中！　全目標、反応消失！」

うぉぉぉぉぉぉぉぉぉぉぉっ！

ブリッジは、完全勝利の熱気と雄叫《おたけ》びに満たされた。

「エネルギーチャージ速度の読み間違いが、お前さんの敗因だよ」

ブリッジ中央に傲然《ごうぜん》と佇《たたず》んで。

バニングスは、完全に見当《けんとう》はずれな勝利宣言をつぶやいたのだった。

「──嫌いじゃないわよ。馬鹿って。

扱《あつか》いやすいから」

表情一つ変えることなく。

レティシアはつぶやいて、コントロール・パネルを操作する。

「──行くわよ。メニィ」

……ん……。

勝利の余韻《よいん》に浮かれまくった、『ブラックシャーク』の海賊たちは、誰一人として気がつかなかった。

その時。

船体を襲《おそ》った、小さな小さな振動《しんどう》に。

「……こっちはこれでいいとして……」

どつき倒《たお》した海賊たちを、宇宙船の、外装補修用の硬化剤《こうかざい》で、動けないようにがちがちに固める作業を終えて。

スティッキーは、クイーンに向かって不安な声を上げた。

「大丈夫ですかね……外の方は？

いくらこっちをなんとかしても、『シューティングスター』の方がやられちまったら、意味ないですよ」

「大丈夫よ部下その一」

「スティッキーです。くれぐれも」

「あなただって、さっきディスプレイで見てたでしょ。

『シューティングスター』と『ドッペルゲンガー』の光点が一瞬、一点に集まって、もう一回分離したのを」

「……まあ……確かに見ましたけど……」

「でしょ？

だから安心しなさい」

「……いや……あの……

だから、なんで、それで安心できるんですか姐《あね》さん」

「クイーンよ。くどいようだけど。

……それもわからないとは、あなたもまだまだね。

いい？

考えてみなさい。

なぜわざわざ、一度、一点に集まったか？

運悪くそこを狙撃《そげき》されたら、全部の『ドッペルゲンガー』ともども撃破《げきは》されるおそれがあるにもかかわらず、よ」

「……なぜ……って……」

「目くらましよ」

スティッキーに考える時間も与えずに、クイーンは正解を披露《ひろう》する。

「『シューティングスター』に搭載《とうさい》されている『ドッペルゲンガー』は合計八基。

そのうち最初に、レティシアが射出《しゃしゅつ》したのが六基。

一点に集まったその瞬間。

さらに一基の『ドッペルゲンガー』を射出して、『シューティングスター』本体はステルス・システムを作動させ、慣性航行に切り替《か》える。

そうすると、相手からはどう見えるかしらね？」

「あ。」

一点に集約し、個別判断ができなくなった時に、一つが現れ、一つが消える。

そのあと『ドッペルゲンガー』が分散すれば、レーダー上は、単に一旦《いったん》集合して分離しただけにしか見えない。

「そう。

海賊船が、『ドッペルゲンガー』相手にクレー射撃《しゃげき》している間に、『シューティングスター』本体は、砲撃のこない安全な軌道《きどう》を、慣性航行であっさりふところに飛び込んでいるはずよ。

そこからどういうテに出るか、まではわからないけれど。

……そもそもあのレティシアが、分《ぶ》の悪い賭《か》けなんてするわけないでしょ。

フェアな賭けと見せかけて、後ろから麻酔銃《ますいじゅう》射ち込むタイプよ。あれは」

「……えらい言いようですね……

うちの社員はそんなのばっかりですか」

「あら。

何言ってるのよ部下その一。

ここに一人、理解あふれる上司がいるじゃない♡」

『ノーコメント。』

スティッキーとトゥーラ、二人の上げたその声は、もののみごとにハモったのだった。

「……よ……四番通路に侵入者《しんにゅうしゃ》⁉」

すっとんきょうなその声が、『ブラックシャーク』のブリッジに響《ひび》き渡ったのは、まだ一同の勝利の余韻《よいん》も醒《さ》めやらぬ頃《ころ》のことだった。

「は？　侵入者？」

一瞬、意味が理解《わか》らずに、バニングスは、間《ま》の抜《ぬ》けた声を上げた。

「……輸送船《むこう》に行ってた奴《やつ》が帰って来たんじゃねえのか？」

「いえ……入って来たのは一人、こっちからの呼びかけにも答えません。

——ひょっとしたら——

今落とした宇宙船《ふね》の奴《やつ》が、やられる前に脱出してて、乗り込んで来たんじゃあ……？」

「ンな器用なマネができるかよ。

計器の故障《こしょう》とかじゃねえのか？

……まあいい。

どっちにしても見てくりゃあすむことだ。

テオ！　五人ほど連れて見に行って来い！

武器《エモノ》持ってくの忘れるんじゃねえぞ！」

「おうっ！」

命じられた男——テオは景気よく応《こた》え、そばにいた四、五人を引き連れて、ブリッジをあとにした。

監視《かんし》カメラでもあれば、現場を映し出すこともできるのだが、残念ながらこの船には、そんなものはない。

他の宇宙船《ふね》を攻撃するための装備には力を入れていたが、内部保安にはほとんど気を使っていない。

そもそも一体どこの馬鹿が、海賊船になど乗り込んで来るというのか。

テオと五人の海賊たちは、ブリッジの出入り口付近のラックから、ビームガンやレーザーライフルを手に手に取って、通路の奥《おく》へと駆《か》けてゆく。

自分の船の内部で飛び道具を使うなど、普通は当然やらないが——

分別があれば、海賊などやって《こんなこと》いない。

六人は、殺気と敵意を放《はな》ちつつ、通路を駆け抜け、ほどなくそこにたどり着く。

そこでは。

侵入者が、ちょうど、宇宙服を脱《ぬ》ぎ終えたところだった。

としの頃なら十五、六。普通のジャケットにスラックス姿の少女が一人。

武器を持っているようには見えない。

「を。」

『…………』

侵入者と海賊たち。

二者は、しばし無言でにらみ合──いや、硬直《こうちょく》し合った。

そう。

クイーンが予想した通りの手段で、『シューティングスター』を接近させたレティシアは、ミサイルの嵐《あらし》でもビームの雨でもなく、メニィを海賊船目がけて放ったのだ。

なにしろ海賊船がいるのは、『ヴァルキリー』のすぐそばである。へたに攻撃して爆発でもされたら、『ヴァルキリー』も巻き込むことになる。

そこで選択した武器が、メニィ爆弾《ばくだん》、というわけである。

──海賊船に侵入したら、まず宇宙服を脱ぐこと──

それは、レティシアがメニィに与えた指示だった。

それに一体何の意味があるのか、メニィにはちっともわからなかったが。

「……ボ……ボス！

テオです！　侵入者と接触《せっしょく》っ！」

上《うわ》ずった声で、テオは、ブリッジのバニングスに通信を入れる。

『殺《や》ったか!?』

「侵入者は女です！

しかも丸腰《まるごし》っぽいです！

ヤっちゃっていいんですかっ!?」

『なにぃっ!? 女!?』

驚愕《きょうがく》に満ちたバニングスの声。

『それで……どうだっ!?』

「見た目ちょっとまだ子供《ガキ》ですけど……いけますっ！ 十分ＯＫですっ！」

『そうかオッケーかっ！ なら絶対生かして捕《つか》まえろっ！』

「もちろんラジャーっ！ 傷のひとつも負わせず捕まえてみせますぜぃっ！」

異様にはりきるテオとその他海賊たち。

一体何がどうオッケーなのか不明だが、確実に言えることが一つだけ。

この時代になっても、やっぱり男は馬鹿である。

しかも、普段色気の乏《とぼ》しい生活を送る宇宙海賊となれば、なおのこと。

メニィを生け捕《ど》りにするつもりなら、海賊たちは、おそらく銃《じゅう》を使わない。

――最初に宇宙服を脱げ――そう指示したレティシアの言葉は、まさに悲しい男のサガを突《つ》いた、恐《おそ》るべき計略といえるだろう。

そしてもう一つ。

レティシアは、メニィに、さらなる悪魔《あくま》の言葉をふき込んでいた。

すなわち――

――海賊五人倒《たお》すごとに、トーフ一丁食べてよし――

これで、メニィは鬼神《きじん》と化した。

テオたちが、月並みな脅《おど》し文句を並べるより早く。

メニィは一陣《いちじん》の疾風《しっぷう》と化し、テオたち目がけてダッシュをかけた。

——相手はただの小娘。いくら少々すばしこくっても、一旦《いったん》捕まえてしまえば力で勝るこちらの勝ちは動かない——

などと、海賊たちが、のん気かつ大間違いの読みをしているかいないかのうちに。

海賊たちのふところに、楽々飛び込んだメニィの拳《こぶし》が唸《うな》りを上げる！

めづぎゃっ。

景気のいい——というよりも、なんだか不吉な音を立て、テオはまともに吹《ふ》っ飛んだ。

人工重力は一応働いているものの、惑星《わくせい》上よりもはるかに小さいせいで、殴《なぐ》られたテオの体が、まぁ派手に飛ぶこと飛ぶこと。

一体何が起こったのか。

他の五人が、それを理解するより早く。

ごぎゃめどぎぼしどがっ！

的確に急所に受けた一撃ずつに、海賊たちは一人残らず倒れ伏《ふ》し、戦闘《せんとう》不能に陥《おちい》った。

「これでトーフ一丁と一人ぃぃぃぃぃっ！」

正体不明な雄叫《おたけ》びを上げ、メニィは、海賊たちのやって来た方——ブリッジに向かって進撃を開始した！


「テオ！　おいテオ！

どうした⁉　えらい音がしたぞ！

答えろ！　何があった⁉」

バニングスがいくら呼びかけても、通信機の向こうには、ただ沈黙《ちんもく》があるばかり——

相手は丸腰の少女が一人——と言っていた。

それが本当なら、テオたちがやられたとは考えにくい。

相手を捕まえ、イロイロなことをしているのか、とも一瞬思ったが、通信機はオフにはなっていない。もしもそうなら、それこそイロイロな音が聞こえて来るはずだが——

最後に聞こえたのは、確かに女の声らしき、トーフがどうのこうのという、意味不明の言葉のみ。

事態はさっぱりわからない。

わからないが——なんだかとてつもなくイヤな予感が、バニングスの背を駆《か》け抜《ぬ》けた。

「ブリッジの扉《とびら》をロックしろ！」

「……え？　でもテオたち……」

「やるんだよボケ！」

「は……はいっ！」

バニングスの剣幕《けんまく》に圧《お》され、オペレーターが扉をロックした、その刹那《せつな》。

どんっ！

すさまじい衝撃が扉をゆるがした。

「……な……!?」

「なんだっ!?」

海賊たちの間に、動揺《どうよう》が走る。

どんっ！　どんっ！　どんどんどんどん！

音はややその大きさを減じ、まるで乱暴なノックのようになる。

そして。

『とぉぉぉぉふぅぅぅぅぅぅぅっ』

向こうから聞こえる、女のものらしき怨嗟《えんさ》の声。

「……な……なんだありゃ!?」

「テオたちは!?　テオたちはどうなった!?」

「トオフウ!?　どういう意味だ!?」

「何なんですか!?　ボス!?　扉の向こうにいる奴《やつ》ぁ!?」

問われても、むろんバニングスに答える術《すべ》はない。

「——トーフとは、まさかあの——」

海賊《かいぞく》の一人が漏《も》らしたつぶやきを、バニングスは聞きつけて、

「——おいお前！　あれの言ってることがわかるのかっ⁉」

「……あ……いえ……関係ないかも……」

問われた若い海賊は言葉を濁《にご》すが、むろんそれで、逆上しかかったバニングスが納得《なっとく》するはずもない。

「何でもいいから心当たりがあるなら言ってみろっ！」

などとやっているその間にも、扉を叩《たた》くその音と、トーフトーフと連呼する、恨《うら》めしげな声は続いている。

言われて、若い海賊は、おどおどと、

「……は……はい……

おれの知ってる『トーフ』というのは……アジア系の連中が食べる豆《ビーンズ》からできるダイエット・フードだったと……」

「関係ねぇッ！」

ばぐっ！

バニングスはひとことのもとに、若い海賊をはり倒した。

実は関係あるのだが。

「むー」

どんどんと扉をノックし続けながら。

メニィは半分すねかけていた。

体当たりしてみたがビクともしなかった。

本気で殴《なぐ》れば、手の方が折れるか砕《くだ》けるかするだろう。

それくらいのことはメニィにもわかる。

この扉の向こうに、何人の海賊がいるのかは知らないが、トーフ一丁や二丁くらいにはなるだろう。

それを、みすみすあきらめるのは悔《くや》しかった。

悔しいが――扉が開かないことには、どうしようもないのも事実だった。

仕方なく。

メニィは半ば涙目《なみだめ》で、『シューティングスター』に通信を入れる。

「レティ！　あのね、六人やっつけたんだけど、ほかのみんなはブリッジに入って出てこないの！」

『よくやったわ三歳児《さんさいじ》。そのままそこで、海賊たちの動きを止めてて』

「……あのね……それでね……おトーフのことだけど……」

『……泣きそうな声出すんじゃないわよ……

連中を、ちゃんとそこに足止めしておいたら、トーフ一つサービスしてあげるわよ』

「ほんと!? わかった！」

うってかわってうれしそうな声でそう言うと、メニィはふたたび嬉々《きき》として、ドアをどんどん叩きはじめたのだった。


『ほほほほほほほほほほ！』

その通信は。

なぜか画像より先に、音声だけが届いた。

ひとしきり続いた笑いが途絶《とだ》えたあと、画面に映し出されたのは、としの頃なら二十歳と少しの金髪《ブロンド》美人。

『ようこそ『シューティングスター』の諸君』

ぶつっ。

レティシアの指が、予備動作なしに通信機能をオフにする。

ツーッ。ツーッ。ツーッ。

間を置かぬコール音に、ふたたび通信機能オン。

『だからいきなり通信切らないでって言ってるでしょっ！　しまいにはオートで再通信するプログラム組むわよっ！』

「――で？」

冷静に聞き流して問うレティシアに、クイーンは、額に青スジ立てつつも、

『こっちの艦内に残った海賊たちは片づけたわ。残るは海賊船のみよ』

「――ふむ……」

なら話は早いわ。

そっちで、海賊船の動きを封《ふう》じることってできる？」

『簡単よ』

「ならお願い」

『わかったわ。それじゃあ早速《さっそく》』

言ってクイーンは、それ以上何も聞かず、通信を終えた。

レティシアのことを信じているのか、それとも彼女の手を読んでいるのか……

「……あの馬鹿女に考えを読まれてる、っていうのはとことんいやね……」

珍《めずら》しく、口を「へ」の字に曲げて、レティシアはそうつぶやいたのだった。

『ブラックシャーク』のブリッジは、いまだ混乱の中にあった。

「ハメられたんじゃねえのか⁉　オレたち！

ほら！　映画なんかでよくあるだろ！

あの輸送船《ふね》、異生物《べム》のタマゴとか、わけのわかんねえ生物兵器とか乗ってて！」

「そうか！　あの砲座にタマゴとかついてて、わざとオレたちにぶん取らせて発射させて……

そのエネルギーを食って孵化《ふか》した⁉」

「ば……馬鹿野郎！　あるわけねぇだろそんなことっ！」

「じゃあ扉の向こうのは何なんだよ⁉　どっから入って来たんだよ！　テオたちはどうしちまったんだ⁉」

「……そ……それは……」

「大体変じゃないか！　こんなヤバい航路を輸送船が無防備に……！」

「そう言やあ、向こうの輸送船《ふね》の中も普通じゃあなかったぜ！」

「ワナだったんだ！

オレたちを兵器の実験台にするための！

海賊船一隻《せき》が宇宙から消えたところで、誰も、何も騒《さわ》ぎゃあしないからな！」

「そんなっ……！」

「どうするんですかボス！　エイリアンとかならきっと普通の武器は効きませんぜ！」

「最後まであきらめるな！　奴《やつ》を倒す方法はきっとある！」

……というか、むしろ混乱がエスカレートしていたりする。

始終どんどん叩《たた》き続けられる扉の音と、意味不明の呼びかけが、場の混乱を助長していた。

『ヴァルキリー』に残った連中がどうなったかなど、気にかける者などいようはずもなく、それどころか、外の監視《かんし》もおろそかになっていた。

ゆえにこそ。

がぎんっ。

船体が揺《ゆ》れたその時にも、海賊たちは、扉の向こうにいる怪生物のしわざと信じて疑わなかった。

「来たっ!」

「本気でぶち破るつもりだっ!」

もちろん違《ちが》う。

正解は——『変形した『ヴァルキリー』に捕《と》らえられた』である。

変形により、簡易宇宙ドッグとしての機能をあわせ持つ『ヴァルキリー』。

当然、作業時に他の宇宙船を固定するためのロック機構も備えている。

それを使って、『ブラックシャーク』の船体を固定したのである。

そして。

「——ボ……ボスっ! 窓の外っ!」

とおぶぅううううう

誰かの上げたその声に、バニングスは視線を巡《めぐ》らせた。

——正確にはむろん、窓などではなくメイン・スクリーンなのだが——

そこに映し出されたのは。

すぐま近に存在する、あざやかな白とブルーの船体。

『シューティングスター』のボディである。

「……な……？」

瞬間。

ぐがぎんっ！

新たな衝撃《しょうげき》がブリッジを襲《おそ》う。

「何だ⁉」

「撃《う》たれました！」

「どこだ⁉　被害は⁉」

バニングスの声に、我に返ったオペレーターは、コントロール・パネルを操作して——

「ここですっ！　ブリッジの真上！」

「なにぃっ⁉」

「武器じゃありません！　撃ち込まれたのはレスキュー・ポッドです！」

本来は、宇宙船事故などで、エアロックなどのない部分にとり残された乗員を、救出するための装置である。

大きさは、小さいものならライトバン・サイズから、大はトラック・サイズまで。今回のは、比較的《ひかくてき》大きなものである。

本船からのワイヤー・コントロールで射《う》ち出されたそれは、目標の位置に密着し、レーザートーチで船の外装に穴を開ける。

要救助者を回収したら、ハッチを閉めて船から離れ、ワイヤーで巻き取られて本船へと戻《もど》る。

現に今も、レーザートーチがブリッジの天井を灼《や》き切る作業を進めていた。

レティシアは、これを、海賊船のブリッジに正確に撃ち込むために、クイーンに頼《たの》んで動きを封じさせたのだ。

「……助けが……来たのか……？」

「油断するな馬鹿野郎っ！　助けてもらえる心当たりでもあるのかよ⁉　大体、もしも救助なら、先に通信連絡とかあるだろうが！」

「じゃあ一体……⁉」

バニングスは、いまだ鳴り続ける扉の方に目をやって、

「あれが実験兵器なら、戦いにならなきゃあ実験にならねえ！　なら、実験してる誰かさんが、レスキュー・ポッドで、別の一匹《ぴき》を、直接ここに送り込もう、

なんて考えても不思議じゃねえ！」

一体何がどう不思議じゃあないんだか。

ともあれどうやら、メニィ＝謎《なぞ》の宇宙怪獣《かいじゅう》説は無事市民権を得ていたらしく、バニングスの言葉に、海賊たちは、手にした武器で一斉《いっせい》に、ブリッジの天井《てんじょう》をポイントした。

レーザートーチの残した軌跡《きせき》は、今、きれいな円となり——

「——来るぞっ！」

緊迫《きんぱく》に満ちたバニングスの声。

ブリッジの空気が張りつめる。

そして。

がらんっ。

天井板が灼き切れた。

そこからブリッジになだれ込んで来たのは、むろん、謎の生物などではなく——

死ヌほど大量の、外装補修用硬化剤《こうかざい》。

かくて、一つの出来事は終わった。

硬化剤でがちがちになった海賊たちは、やがてクイーンの手によって、最寄《もよ》りの警察に引き渡され、ふた月半ほど、謎の生物に追い回される悪夢に苦しむことになるが——それはまあ、後日の話。

ごほうびのトーフをもらったメニィは至って上機嫌。

今回の働きに、『シューティングスター』チームにも、特別手当が出ることとなった。

補給とメンテナンス、新装備の設置を終えて。『シューティングスター』のブリッジで、レティシアは、クイーンから受け取った装備目録に目を通していた。

「――ところでクイーン」

目録のページをめくる手を止めて。

表情一つ変えぬまま、レティシアは、目の前に佇《たたず》むクイーンに問いかける。

「新装備品の項目に、『ヘキサキャノン』の名前がないけど、どういうこと？」

「ああ。あれ」

問われてクイーンは、ひょいっ、と肩をすくめると、こともなげに言い放った。

「デザインが、『シューティングスター』に合わなかったから、結局取り付けやめたのよ」

むろんのこと。

表情一つ変えず、即座《そくざ》に。

レティシアは力いっぱい、クイーンの首を締《し》め上げたのだった。

時間外勤務《ワーク・オーバータイム》：完

あとがき

最近、大宇宙が無限にひろがりすぎるとお嘆《なげ》きの方。
ビームの出があまりよくないとお困りの方。
対レーザーコートゲルのベタつきが気になるあなた。
そんなあなたに、これ！
トラブルシューターシェリフスターズSS―01
何かの成分配合で、ともかく当社比一・五倍。
是非一度、お試しください。

とまあ、懇切丁寧《こんせつていねい》な時候のあいさつを済ませたところで。

こんにちは。神坂一です。

もう片方のあとがきでも書きましたが、ダブルキャストのスペースオペラ、という企画でスタートしたシェリフスターズ。

その片方がこれ。隔月誌『ザ・スニーカー』に連載された、チーム・シューティングスターのおはなしだったりします。

ちなみにシリーズ中、一番最初に発表されたのが、この本に収録されている第一話、『法無き大地に』なのですが、ご一読いただければおわかりのように、スペースオペラの企画なのに、ちっとも宇宙に出ていません。何かがマズいような気がします。

……………………まったくもって！　近ごろの日本の政治家は！（さりげない責任転嫁《てんか》）

ふぅ。これでよし。

まあ、第二話の『ワーク・オーバータイム』は最初から最後まで宇宙が舞台ですから、足して二で割れば何の問題もないはずですとも。

……たぶん。

さて、このSSシリーズは、連載三回分を一話とし、年一冊刊行の予定ですが、おはなしの内容によっては多少変動したりするかもしれません。

大きな事件の流れはもう一方の書き下ろし長編、つまりチームMSの方でやるとして、基本的にこちらでは、裏で起こっているいろいろなことを織り交ぜながら、中編読み切りで行く予定です。

一見長編の方とは関係なさそうな話の中に、さらりと伏線を混ぜ込んでおく、などという展開希望。あくまで理想。

話のカラーは統一せずに、バラエティ感覚で、ある時はアクション中心、またあるときはギャグ、といったふうにやっていこうかなー、とか思ってたりもします。

とするとやはりそのうち、食パンくわえて走っていると、通りの角で誰かとぶつかるパターンとか、いきなり前世だの運命だのに目覚めて魔物と戦う話とか……

やめとけ俺《おれ》。さすがにそれは。

そんなこんなではじまったこのシリーズ。

しかし――

連載をはじめた作者の前に、思いもよらなかった問題が立ちはだかったのだった！

それはすなわち！

豆腐《とうふ》料理のバリエーションっ！

それは、登場人物《メニイ》を豆腐好きにしてしまったゆえの、決して避けては通れぬ関門。

さすがに毎回ダシや薬味の違う冷や奴《やっこ》とゆーわけにもいかないでしょうし、さてさてどうしたものやら。

豆腐を使った料理、というのは数ありますが、豆腐を主役にした料理、というのを考えてみると、身近な料理の中では、けっこうバリエーションが少ないような気が。

素朴《そぼく》にして繊細な素材ゆえ、強すぎる他素材との組み合わせは、豆腐本来の風味を容易に殺してしまう。

食感を、風味をどう活《い》かすか。なかなか難しいところです。

……うーむ……どこかで復刊してないだろうか。豆腐百珍。

だがそもそも。

自分で書いておいてなんですが、宇宙船の中で暮らしてて、どーやったら『新鮮な豆腐』などとゆーものが手に入るのやら。

恐○新聞みたいに、毎夜、正体不明の誰かが配達してくるとか、夜ごとメニィがキッチンで豆乳漉《こ》してるとか……

やはり一番可能性が高いのは、冷凍、でしょうか。

それを『新鮮』などと表現していーのかどーかははなはだ疑問だし、冷凍豆腐、って、なんか聞くからにマズそうな気がするのですが……

いいや、しかししっ！　現実の世界でも、ここン十年で食品冷凍の技術は格段に進歩しているわけですしっ！

きっとこの時代には、さらに技術も進歩して、できたて豆腐を瞬間冷凍。何かの方法で解凍すると、ぷりゅぷりゅフレッシュ豆腐がいつでもどこでも楽しめる♪　などとゆーことになっているに違いありませんっ！

フレッシュさにこだわらないなら、宇宙だと、食材固定してエア・ロック開けるだけで楽勝フリーズドライにできますし。

便利だなぁ。宇宙。

……しかし一体何考えて、トーフ好きなんて設定にしたんだろ。俺。

とはいえ、設定しちゃったものは仕方なし。

ここは一発、ノラ犬に嚙《か》まれたとでも思ってあきらめるしかないのでは、などと思っていたりします。

ま、トーフ料理に関しては、本でも読んで勉強するとして。

ともあれこのチーム・シューティングスターのこのおはなし。

チーム・モーニングスターのおはなし共々、ご愛顧《あいこ》願えれば幸せです。

神坂一

トラブルシューター
シェリフスターズSS
mission 01

神坂《かんざか》 一《はじめ》

角川文庫 11594

平成十二年八月一日　初版発行

発行者——角川歴彦

発行所——株式会社角川書店

東京都千代田区富士見二—十三—三

電話　編集部(〇三)三二三八—八六九四

　　　営業部(〇三)三二三八—八五二一

〒一〇二—八一七七

振替〇〇一三〇—九—一九五二〇八

印刷所——暁印刷　製本所——コオトブックライン

装幀者——杉浦康平

S 46-10　ISBN4-04-414610-1　C0193

角川文庫発刊に際して

角川源義

第二次世界大戦の敗北は、軍事力の敗北であった以上に、私たちの若い文化力の敗退であった。私たちの文化が戦争に対して如何に無力であり、単なるあだ花に過ぎなかったかを、私たちは身を以て体験し痛感した。西洋近代文化の摂取にとって、明治以後八十年の歳月は決して短かすぎたとは言えない。にもかかわらず、近代文化の伝統を確立し、自由な批判と柔軟な良識に富む文化層として自らを形成することに私たちは失敗して来た。そしてこれは、各層への文化の普及滲透を任務とする出版人の責任でもあった。

一九四五年以来、私たちは再び振出しに戻り、第一歩から踏み出すことを余儀なくされた。これは大きな不幸ではあるが、反面、これまでの混沌・未熟・歪曲の中にあった我が国の文化に秩序と確たる基礎を齎らすためには絶好の機会でもある。角川書店は、このような祖国の文化的危機にあたり、微力をも顧みず再建の礎石たるべき抱負と決意とをもって出発したが、ここに創立以来の念願を果すべく角川文庫を発刊する。これまで刊行されたあらゆる全集叢書文庫類の長所と短所とを検討し、古今東西の不朽の典籍を、良心的編集のもとに、廉価に、そして書架にふさわしい美本として、多くのひとびとに提供しようとする。しかし私たちは徒らに百科全書的な知識のジレッタントを作ることを目的とせず、あくまで祖国の文化に秩序と再建への道を示し、この文庫を角川書店の栄ある事業として、今後永久に継続発展せしめ、学芸と教養との殿堂として大成せんことを期したい。多くの読書子の愛情ある忠言と支持とによって、この希望と抱負とを完遂せしめられんことを願う。

一九四九年五月三日